Hyper 8

Sonja Schnalke

Hyper 8

Bibliografische Information der Deutschen Bibliothek:
Die Deutsche Bibliothek verzeichnet diese Publikation
in der Deutschen Nationalbibliografie;
detaillierte Daten sind im Internet über
<http: // dnb.ddb.de> abrufbar.

© 2008 Sonja Schnalke
Satz, Umschlagdesign, Herstellung und Verlag:
Books on Demand GmbH, Norderstedt
Herausgeber: P.M. Magazin – GRUNER + JAHR AG & CO KG, Druck- und
Verlagshaus, Verlagsgruppe München
ISBN: 978-3-8334-7473-6

Prolog

Zu Beginn des 21. Jahrhunderts nach Christus gelang den Forschern des CERN-Instituts in der Schweiz ein bahnbrechendes Experiment: Sie wiesen die Existenz von sieben weiteren Dimensionen neben den bisher bekannten vier – Länge, Breite, Höhe und Zeit – nach. Diese sieben Dimensionen ermöglichten eine völlig neue Sicht auf das Universum und erklärten einige bis dahin nicht identifizierbare Phänomene.

So wurde beispielsweise entdeckt, dass sich unsere Galaxie auf der vierten Ebene des Universums befindet. Die noch unbewiesene so genannte »Dunkle Materie« und auch die »Dunkle Energie« entstammen der achten Ebene und sorgen, wie bereits vermutet wurde, für den Zusammenhalt des Universums.

Leider wurde, trotz dieser erstaunlichen Erkenntnisse, das eigentliche Ziel des Experiments nicht erreicht. Zwar konnte bewiesen werden, dass nach der achten Ebene noch drei weitere existieren, doch die erhoffte Entdeckung der Quantenebene blieb aus. Dafür entstand eine neue Theorie, nach der die Quanten in einem Bereich jenseits der elften Ebene zu finden seien.

Beweise hierfür fanden sich allerdings nicht.

Dennoch entstanden eine neue Ordnung des Universums und eine veränderte Theorie über dessen Entstehung. Dieser Theorie zu Folge existieren das Universum und vielleicht noch viele andere im so genannten »Hyperstatus«. Es wird vermutet, dass im Hyperstatus eine plötzliche Vermischung von Dimensionen stattfand, wodurch sich Druck und Temperatur über die Maßen erhöhten, was schließlich zum »Explodieren« des Gemisches führte. Die Schockwellen dieser Explosion sind noch immer messbar. Dabei wurden die Dimensionen fünf bis acht, in denen »Dunkle Materie« und »Dunkle Energie« vorhanden sind, am stärksten zusammengepresst. Das führte dazu, dass die »Dunkle Materie« eine viel größere Masse als normale Materie besitzt. Die »Dunkle Energie« wurde stark beschleunigt, so dass sie immer weiter nach außen strebt. Sie ist somit für die Ausdehnung des Universums verantwortlich, wobei es der »Dunklen Materie« zu verdanken ist, dass das Universum nicht auseinander reißt.

Eine weitere – nicht anerkannte – Theorie besagt, dass auch die Dimensionen neun bis elf und die unbewiesene zwölfte Dimension für Stabilität sorgen. Dies sind die Quantenebenen, die aus so genannten »Strings« bestehen. Strings sind vermutlich Hochenergiefelder, die sich wie ein Netz um das Universum spannen und es so zusammenhalten.

Durch die Hyperstatus-Theorie erhielten die elf (zwölf) Dimensionen oder auch Ebenen einen neuen Namen. Man nennt sie nun »Hyperfelder«.

In den folgenden drei Jahrhunderten wurde nach einer Möglichkeit gesucht, die Ebenen nach Hyperfeld vier, kurz: »Hyper 4«, zu erforschen. Dieses Vorhaben barg die Schwierigkeit, dass wahrscheinlich die Hyperfelder fünf bis acht, »D-Raumzeit« genannt, genauso eine Einheit bilden wie Hyper 1 bis 4 der normalen Raumzeit. Um also die D-Raumzeit erforschen zu können, musste man direkt nach »Hyper 8« vorstoßen.

Lange Zeit schien das unmöglich, bis eine neue Computer-Technologie für Hoffnung sorgte.

2310 nach Christus schuf der damals 20-jährige Terence Rutherford einen Mikrochip, der die Erschaffung wirklicher künstlicher Intelligenzen möglich machte. Zwei Jahre später ging der erste Computer mit künstlicher Intelligenz in Betrieb – Codename: »Methis«.

Zwar beschleunigte sich dadurch die Entwicklung neuer Technologien enorm, dennoch dauerte es noch sechzig Jahre, bis sich der erste Erfolg in Sachen D-Raumzeit einstellte.

Im Sommer des Jahres 2372 nach Christus bahnte sich im »Deutschen Institut für Weltraumforschung« eine Sensation an.

Irene Brecht schaute konzentriert auf den Monitor ihres Computers. »Alle Systeme stabil, die Bedingungen exzellent. Wir müssen nur noch warten, bis Methis uns grünes Licht gibt.«

»Mir gefällt immer noch nicht, dass wir von diesem Computer abhängig sind«, sagte ihr Kollege zweifelnd. »Alles läuft nur noch über Methis.«

Irene seufzte. »Ach, Tarek! Worüber machst du dir Sorgen? Methis läuft seit Jahrzehnten stabil und da sie lernfähig und flexibel ist, kann sie uns bei unserem Unternehmen nur von Nutzen sein.«

»Sie?«, schnaubte Tarek Sander verächtlich. »Wieso redet jeder von einem weiblichen Wesen? Methis ist eine Maschine, ein Es!«

»Das ist korrekt, Doktor Sander«, hallte plötzlich eine angenehme Frauenstimme durch das kleine Labor. »Ich bin tatsächlich nur eine Maschine, aber es fällt den meisten Menschen leichter, mich als eine reale Person zu betrachten.«

Vor Schreck zuckte Tarek zusammen. Irene schien jedoch hocherfreut. »Guten Abend, Methis«, sagte sie. »Ist jetzt alles bereit?«

»Ja, Professor Brecht. Wir können mit dem Versuch beginnen. Bitte geben Sie die letzten Parameter ein.«

Die beiden Wissenschaftler begaben sich an ihre Stationen, wobei Tarek sich ein Mal mehr über Methis wunderte. Der Supercomputer sprach stets sehr höflich und wenn Tarek nicht genau gewusst hätte, was sie / es in Wirklichkeit war, dann hätte auch er auf eine Frau getippt. Doch genau das machte Methis so unheimlich für ihn. Die Versuchung, Methis für menschlich zu halten, war sehr groß, aber das war in Tareks Augen ein großer Fehler.

Methis besaß keinerlei Gefühle, auch wenn es gelegentlich so klang. Der Computer simulierte Emotionen nur, damit es persönlicher wirkte. Und hierin bestand die Gefahr: Methis war zwar zumeist nur der kühle Rechner, der sie sein sollte, aber wer sollte es verhindern können, dass sie zu einem eiskalten Killer wurde, falls sie zu der Erkenntnis kam, dass Menschen an sich eine unvollkommene und damit überflüssige Lebensform waren.

Tarek war sich sicher, dass Methis so ziemlich alles tun durfte, nur ein eigenes Bewusstsein durfte sie auf keinen Fall entwickeln. Doch jetzt war es an der Zeit, sich auf die Mission zu konzentrieren.

Tarek wischte seine sorgenvollen Gedanken bei Seite und machte sich an die Arbeit.

Eine Viertelstunde später war alles fertig.

»Alle Systeme sind online«, meldete Irene. »Wir sind bereit für den Start.«

Methis klang so gefühllos wie immer: »Startsequenz eingeleitet! Portal öffnet sich in 20 Sekunden. Sonde *Dark Space I* ist in Position. Antrieb zünden. Portal und Antrieb aktiv in fünf – vier – drei – zwei – eins. Portal geöffnet, Sonde gestartet. Portaleintritt in drei Minuten.«

Fasziniert schauten Irene und Tarek auf ihre Bildschirme. Methis lieferte gestochen scharfe Bilder von der kleinen Sonde, die mit einer Größe von exakt 4,975 Zentimetern ein technisches Wunderwerk war. Die geringe Größe war allerdings sehr wichtig, denn sie würde helfen, die Sonde auf ihrem Weg durch Hyper 8 für die dort enorm starke Gravitation unanfällig zu machen.

»Portaleintritt«, meldete Methis. »Systeme stabil. Portal schließt in drei – zwei – eins. Portal geschlossen.«

Die beiden Forscher schauten nach wie vor auf ihre Monitore, aber es tat sich nichts. Das hatten sie allerdings erwartet.

»Methis! Frequenzanpassung auf … Ach, mach das selbst!«, sagte Tarek. Er war viel zu aufgeregt, um auch nur zwei plus zwei berechnen zu können.

»Frequenzanpassung erfolgt.« Methis war natürlich nicht aus der Ruhe zu bringen. »Bildübertragung stark verzerrt. Ändere Auflösung. Hier ist es. Das ist Hyper 8.«

»Unglaublich!«, staunte Irene.

Diesmal fiel Tarek nichts ein, was er hätte sagen können. Er starrte nur mit weit aufgerissenen Augen auf den Bildschirm. Eine fantastische Welt tat sich auf.

»Es ist nicht so finster, wie ich es erwartet hätte«, sagte er endlich nach einigen ehrfürchtigen Momenten.

Irene ließ Methis inzwischen die ersten Messungen durchführen.

»Ich glaube, die Helligkeit kommt von der Strahlung der Dunklen Energie«, sagte sie zu Tarek. »Die Intensität liegt jenseits des Messbaren. Und schau dir nur die Gravitationswerte an!«

»Unfassbar, aber ich kann keine festen Körper erkennen.« Tarek blickte intensiv auf den Bildschirm.

Methis hatte sofort eine Lösung parat. »Dazu muss ich einen Ausschnitt vergrößern. So, bitte sehr! Tausendfache Vergrößerung.«

Jetzt konnten Tarek und Irene tatsächlich etwas erkennen. Beide wollten es kaum glauben.

»Sind das Staubpartikel?«, fragte Irene schließlich.

Methis bestätigte dies. »Ja, ganze Ströme, bestehend aus Milliarden von Teilchen.«

»Keine größeren Körper?«, wollte Tarek wissen.

»Bis jetzt nicht, aber wir sind ja noch nicht fertig«, sagte Methis.

Auch Irene blieb gelassen. »Wir haben Zeit. Die Sonde scheint gut voranzukommen. Wenn sie noch ein paar Tage durchhält, dürften wir einige Erkenntnisse sammeln können.«

»Ein paar Tage? Du verlangst nicht gerade wenig von unserer kleinen Sonde«, grinste Tarek.

Irene hob nur die Schultern. »Wir haben sie immerhin selbst konstruiert. Sie muss gut sein.« Sie sah wieder auf den Bildschirm. »Ich bin gespannt, was wir noch entdecken.«

Dreißig Tage später flog die *Dark Space I*-Sonde noch immer durch Hyper 8.

Alle waren darüber erstaunt, da Methis der Sonde eine Lebensdauer von maximal 72 Stunden in Aussicht gestellt hatte, doch natürlich beschwerte sich niemand. Die Sonde lieferte hervorragende Bilder und Daten.

Inzwischen waren auch größere Körper entdeckt worden, auch wenn diese kaum den Durchmesser einer Melone erreichten und offenbar aus einem vollkommen unbekannten Gestein bestanden.

Noch mehr Unkenntnis herrschte nach wie vor über die Dunkle Energie. Alles, was darüber gesagt werden konnte, war, dass es sich um Teilchen handelte, die sich mit Überlichtgeschwindigkeit bewegten. Wie schnell sie wirklich waren und welche Beschaffenheit sie aufwiesen, war allerdings nicht festzustellen.

Doch an diesem Tag ging es niemandem um die Dunkle Energie.

Es war 5 Uhr morgens, als Methis es für nötig hielt, Irene Brecht und Tarek Sander zu wecken. Sie, beziehungsweise die Sonde, hatte eine Entdeckung gemacht.

Verschlafen und blass betraten die beiden Forscher eine Stunde später ihr kleines Labor.

»Was gibt es denn, Methis?«, fragte Irene sofort. Trotz aller Müdigkeit siegte ihre wissenschaftliche Neugier.

»*Dark Space I* hat einen neuen Körper entdeckt. Er ist circa 15 Zentimeter groß und schwebt völlig frei im Raum.«

»Das hatten wir doch schon öfter«, gähnte Tarek, den diese Nachricht nicht vom Hocker riss. »Was ist so besonders daran?«

»Es ist Erzgestein«, sagte Methis schlicht.

Prompt waren die beiden Menschen hellwach.

»Bist du sicher?« Tarek aktivierte seinen Computer und sah erregt auf den Bildschirm. Da war er: ein kleiner Brocken, der sich kaum von den bisher entdeckten unterschied. Nur schien er wesentlich gleichmäßiger in der Form, einem Ball ähnlich. Die Oberfläche wirkte glatt – zu glatt, als dass es sich um einen Felsen handeln konnte, doch das besagte noch nicht viel.

Methis aber war sich sicher. »Der Gegenstand weist eindeutig metallische Eigenschaften auf, abgesehen vom Magnetismus, aber das ist ja nicht zwingend notwendig. Er ist außerdem radioaktiv und ungefähr 6000 Mal härter als Stahl.«

Irene, die sich gerade einen Kaffee eingeschenkt hatte, prustete in ihre Tasse. »Du scherzt?«

»Ich kann nicht scherzen«, sagte Methis gleichmütig. »Alles, was ich sage, ist ernst gemeint.«

»Schon gut, Methis. Irene ist nur überrascht«, sagte Tarek lächelnd und nahm sich ebenfalls einen Kaffee. »Und ich muss sagen, mir geht es genauso. Auch wenn ich mir inzwischen ein paar Gedanken gemacht habe.« Er setzte sich an seinen Computer zurück und rief eine Tabelle auf. »Hyper 8 ist trotz seiner enormen Gravitation und Hochenergieladung unserer Dimension gar nicht so unähnlich. Wir haben Staub, Gestein und jetzt sogar Erz gefunden. Ich frage mich, ob es nicht doch noch größere Körper gibt?«

»Denkst du da vielleicht an Sonnen und Planeten, Tarek?«, fragte Irene.

Tarek hob die Schultern. »Wäre doch nicht unwahrscheinlich, oder?«

Methis sah das anders. »Es ist aber unwahrscheinlich. Wenn ich die bisherigen Daten richtig ausgewertet habe, dann verhindert die Gravitation von Hyper 8 die Bildung von Sonnen, von gewöhnlichen jedenfalls. Bei den Massen könnten höchstens Neutronensterne vorhanden sein. Außerdem gibt es dort weder Wasserstoff noch Helium. Keines der leichten Elemente scheint in Hyper 8 zu existieren.«

»Das macht eine Fusionsreaktion natürlich schwierig«, stimmte Irene zu. »Ansonsten gebe ich Tarek Recht. Hyper 8 ist unserer Ebene ähnlicher, als ich dachte – und das ist auch gut so.«

Tarek sah sie fragend an. »Wieso?«

»Weil bestimmt irgendwann ein paar Verrückte auftauchen, die nach Hyper 8 reisen wollen, und wir oder unsere Nachfolger dürfen dann zusehen, wie wir das möglich machen.« Irene trank ihren Kaffee aus, während Tarek auf seinem Stuhl zusammensackte.

»Tja, das fürchte ich auch.«

Wieder verging ein Monat und es war genauso, wie Irene und Tarek befürchtet hatten. Durch die bisherigen Ergebnisse fühlten sich viele Wissenschaftler und vor allem Politiker darin bestärkt, dass auch Menschen durch Hyper 8 reisen konnten. Dennoch mahnten viele Vorsicht an. Man sollte erst das Ende der Mission abwarten, um vor eventuellen unangenehmen Überraschungen sicher zu sein. Für Irene, Tarek und Methis war das eine Schonfrist. Sie konnten in Ruhe ihre Sonde weiter beobachten.

Jetzt, 57 Tage nach dem Start, drohte das Experiment abrupt zu enden. *Dark Space I* war in einen Energiesturm geraten und stand kurz vor der Zerstörung. In dem kleinen Labor in Deutschland herrschte ein heilloses Durcheinander.

Tarek und Irene klebten förmlich an ihren Bildschirmen, aber es gab nichts, was sie tun konnten. Sie mussten alle Versuche, die Sonde zu retten, Methis überlassen.

Der Supercomputer arbeitete nun schon seit Stunden an dem Problem, ohne dass sich irgendein Ergebnis, ob positiv oder negativ, abzeichnete. Die drohende Katastrophe machte alle Beteiligten schweigsam.

Tarek trank geistesabwesend seinen Kaffee und merkte nicht einmal, dass dieser kalt geworden war. Er hatte nur Augen für die Bilder auf seinem Monitor. Die kleine Sonde schlingerte wie wild hin und her. Immer wieder blieb das Bild weg oder wurde unscharf. Es sah wirklich unheimlich aus. Heftige Blitze erschütterten die Sonde und zum ersten Mal waren auch Farben zu erkennen. Dunkelrote Schauer und gleißend blaue Strahlen. Ein gespenstisches Bild.

»Ich glaube, jetzt habe ich es«, sagte Methis so plötzlich, dass die beiden Wissenschaftler beinahe von ihren Stühlen kippten.

Was Methis hatte, wurde schon im nächsten Augenblick klar. Die Sonde setzte sich wieder in Bewegung, weg von dem Energiefeld.

»Wie hast du das gemacht?«, wollte Irene wissen. »Der Antrieb funktioniert doch schon seit Wochen nicht mehr.«

»Der Sturm hat ein Magnetfeld mit positiver Ladung. Die ganze Zeit habe ich versucht, die Sonde ebenfalls positiv zu laden, so dass sie von dem Energiefeld abgestoßen wird. Jetzt hat es geklappt«, erklärte Methis.

»Da bin ich aber froh.« Irene schaute auf ihren Bildschirm. »Sie ist gleich draußen. Wir sollten sie auf Schäden überprüfen.«

»Bin schon dabei«, sagte Tarek, der sich endlich wieder gefangen hatte. »Die Sonde wurde ziemlich durchgeschüttelt, ist aber noch intakt und leuchtet jetzt stark. Ich habe keine Erklärung dafür.«

»Beeinträchtigt das die Sensoren?«, wollte Irene wissen.

Diesmal antwortete Methis: »Nein, im Gegenteil. Dieses Abenteuer scheint uns etwas gebracht zu haben. Das Energiefeld hat einen festen Kurs. Es bewegt sich eindeutig auf etwas zu oder von etwas weg. Durch unseren Befreiungsschlag sind wir jetzt entgegengesetzt zum Energiefeld unterwegs.«

»Das heißt, mit etwas Glück finden wir dessen Ausgangspunkt«, folgerte Irene. »Das klingt gut für mich.«

Der 84. Tag des Experiments wurde der *Dark Space I*-Sonde schließlich zum Verhängnis, obwohl er viel versprechend begonnen hatte.

Dieses Mal befand sich Irene Brecht allein in dem Labor, weil Tarek auf einem Kongress war. So hatte Irene nur Methis, mit der sie sich austauschen konnte, was ihr jedoch völlig ausreichte.

»Die Strömungen sind stärker geworden«, stellte sie gerade fest. »Ich glaube, wir sind bald am Ziel.«

»Korrekt, den Daten nach ist der Ausgangspunkt des Energiefeldes nur noch wenige Millionen Kilometer entfernt.«

»Kannst du schon sagen, worum es sich handelt?«

»Negativ. Die Daten sind zu widersprüchlich. Laut unseren Messungen handelt es sich um einen Neutronenstern mit extremen Werten, was aber kaum möglich ist. Er hat angeblich etwa zehn Millionen Sonnenmassen, ist aber nur einen Kilometer groß. Eigentlich müsste er viel mehr Energie anziehen, doch stattdessen stößt er sie ab. Es ist nur eine Frage der Zeit, bis die Sonde von einem der Felder getroffen wird.«

Kaum hatte Methis zu Ende gesprochen, passierte es auch schon. Plötzlich wurde die Sonde von einem Sturm erfasst, zumindest wirkte es so. Wie schon beim ersten Zusammenstoß mit einem Energiefeld taumelte *Dark Space I* wild umher. Dieses Mal war es sogar noch schlimmer.

Die Bilderfassung erwischte es als Erstes.

»Wieso gibt es keine Abstoßungsreaktion?«, fragte Irene nervös.

»Weil dieses Feld negativ geladen ist«, antwortete Methis prompt. »Es zieht die Sonde an. Ich versuche, sie umzupolen.«

Doch es war zu spät, was beide sofort bemerkten, als neben den Messgeräten auch das Kontrollsignal, welches die bloße Existenz der Sonde anzeigte, ausfiel. *Dark Space I* gab es nicht mehr.

Ganz entgegen ihres üblichen Temperaments, fing Irene wild an zu fluchen. »Verdammter Mist! Tarek wird stocksauer sein. So ein Dreck aber auch! Wir waren so nahe dran. Sch…!«

»Immer mit der Ruhe!«, unterbrach Methis das Gezeter und wartete ab, bis Irene ein Mal tief durchatmete. »Wir haben die Sonde zwar verloren, aber ein paar Daten hat sie doch noch erfassen können.«

Sofort war Irene wieder bei der Sache. »Und die wären?«

»So, wie es aussieht, war es doch kein Neutronenstern. Es handelt sich um einen Körper, von dem ich nicht sagen kann, woraus er besteht. Es sind jedenfalls keine Neutronen, es gibt nicht den geringsten Hinweis auf Beta-Zerfall. Die Schale des Körpers ist aus dem gleichen Metall, das wir schon einmal gefunden haben. Es ist durch die hohe Dichte allerdings noch eine Million Mal fester. Die Beschaffenheit des inneren Kerns konnte ich leider nicht mehr herausfinden. Außerdem kann ich nichts entdecken, was auf eine frühere Supernova hinweist. Wie ich schon sagte, gibt es in Hyper 8 keine Sonnen, weil die nötigen Elemente fehlen. Ich habe zwar versucht, zu berechnen, ob sich Neutronensterne auch auf andere Weise bilden können, aber das ist offenbar nicht der Fall. Ich kann also nur feststellen, was dieser Körper nicht ist, aber das sagt natürlich nichts drüber aus, was er ist.«

»Mit anderen Worten: Wir haben mal wieder etwas gefunden, was wir nicht erklären können«, kommentierte Irene die lange Rede des Supercomputers. »Auch gut. Sollen sich die Kollegen damit befassen! Dann haben sie etwas zu tun. Tarek und ich werden eine neue Sonde bauen müssen oder, was wahrscheinlicher ist, gleich mehrere. Ich kann mir gut vorstellen, dass jetzt die halbe Welt Hyper 8 erforschen will.«

»Die Wahrscheinlichkeit, dass diese Vermutung korrekt ist, liegt bei 99,9 Prozent«, sagte Methis. »Die Neugier der Menschen lässt sich leicht berechnen.«

Kapitel 1

Im Jahr 2381 nach Christus, neun Jahre nach dem Start der *Dark Space I*-Sonde, herrschte in dem kleinen deutschen Labor von Irene Brecht und Tarek Sander rege Betriebsamkeit. Der ersten erfolgreichen Mission waren viele weitere gefolgt. Inzwischen hatten auch die USA und Japan Hyper-8-Programme gestartet, mit unterschiedlichen Ergebnissen. Während sich Japan und Europa an technischen Neu-Entwicklungen überboten, hinkten die Amerikaner weit hinterher. Es wunderte daher niemanden, dass die USA ihre Taktik änderten. Sie verlegten sich zusehends darauf, Reisen durch Hyper 8 für Menschen möglich zu machen. Das war etwas, bei dem sie nur mit den Europäern konkurrierten, da die Japaner sich aus dem bemannten Hyper-8-Flug noch heraushielten.

Europa und Amerika verfolgten ihr Ziel jedoch recht unterschiedlich. Die Amerikaner testeten mehrere Möglichkeiten gleichzeitig und verschwendeten Unmengen an Geldern, ohne dass sich ein Erfolg einstellte. In Europa verließ man sich dagegen ausschließlich auf das *Deutsche Institut für Weltraumforschung* und dort waren es zumeist Irene und Tarek, die noch immer unermüdlich experimentierten. Zum Glück für die beiden nicht mehr ganz jungen Forscher hatten sie vor drei Jahren Verstärkung erhalten: Sibel Kaya, eine junge türkische Astro-Ingenieurin. Sibel war genauso klug wie hübsch, was bedeutete, dass die meisten Männer ein Monatsgehalt gezahlt hätten, nur um ein Mal mit ihr reden zu können. Und so ganz nebenbei hatte sie eine völlig neue Technologie entwickelt.

Am Anfang war die Errichtung eines Energietunnels durch Hyper 8 nur eine verrückte Idee gewesen, doch Sibel hatte schnell alle Zweifler zum Schweigen gebracht, da sie neben der

Theorie auch gleich die Baupläne für die Maschine, die einen solchen Tunnel erzeugen konnte, vorgelegt hatte.

In den letzten drei Jahren der Zusammenarbeit mit Irene und Tarek hatte das Projekt immer konkretere Formen angenommen, bis hin zur Genehmigung zum Bau eines »Raumkanalkonverters«, wie Sibel ihre Maschine nannte.

Und nun war es beinahe so weit. In nur einem Monat würde der erste Raumkanalkonverter in Betrieb gehen.

Sollte der Versuch gelingen und ein Raumkanal entstehen, würden sofort mehrere Sonden gestartet werden, die auch organische Stoffe mit sich führten. Schließlich ging es ja darum, dass eines Tages Menschen durch den Kanal fliegen würden.

Im Augenblick beschäftigte Sibel jedoch etwas ganz anderes. Vor Zorn bebend war sie nach der Mittagspause in das Labor gestürmt, wo Irene und Tarek die Daten der letzten Sonde auswerteten. »Ich schwöre, sollte ich diesen Kerlen je persönlich begegnen, vergesse ich meine gute Erziehung!«, rief sie wutentbrannt, lehnte sich direkt neben der Tür an die Wand und verschränkte die Arme.

»Wer hat dich denn so auf die Palme gebracht?«, fragte Tarek.

Irene hatte eine Vermutung. »Wahrscheinlich haben die Westwood-Brüder mal wieder zugeschlagen.« Sie stand auf und ging zur Kaffeemaschine. »Was haben sie denn diesmal angestellt?«, wollte sie wissen, als sie Sibel einen dampfenden Becher reichte.

»Oh, das Übliche.« Sibel trank ihren Kaffee und atmete tief durch. »Sie haben mal wieder ein Interview gegeben und ihre Angebertour abgezogen. Ihr wisst schon: dass sie viel weiter sind als wir und dass die Raumkanaltechnologie sowieso nichts taugt. Aber dann hat dieser *Testpilot*«, sie sprach das Wort aus, als hätte sie Essig statt Kaffee getrunken, »doch glatt behauptet, dass ich mich lieber um die einzige Physik kümmern sollte, von der ich etwas verstünde, nämlich um die Optik. Ein Spiegel würde besser zu mir passen als ein Werkzeugkoffer. Dabei wundert es mich eher, dass der Kerl überhaupt weiß, wie man Physik schreibt.«

»Reg dich nicht auf, Kleines!«, sagte Irene, während sie zu ihrem Computer zurückkehrte. »Wir werden ja sehen, wer am Ende Recht behält.«

Auch Tarek war dieser Meinung. »Eben. Von wegen, es ist alles eine Frage des Materials. Die zwei Neandertaler haben doch keine Ahnung. Was sie auch versuchen, es wird scheitern.«

»Dem stimme ich zu«, meldete sich eine angenehme Frauenstimme zu Wort. Methis sah sich offenbar gezwungen, an dem Gespräch teilzunehmen. »Ich darf euch zwar keine Details nennen, aber es ist wahrscheinlich, dass das Experiment der Westwoods scheitern wird.«

Tarek hob leicht verwundert die Augenbrauen. »Oh, also gibt es tatsächlich ein Experiment. Ich dachte, das seien nur leere Worte.«

»Nein, sie sind sogar schon ziemlich weit«, sagte Sibel. Sie stellte sich hinter Irene, um ihr über die Schulter zu sehen. »Anscheinend sind die Amerikaner zu allem bereit, um uns zu schlagen. Sie starten ihren Versuch zwei Wochen vor unserem.«

»Tss! Als ob es sich hierbei um einen Wettkampf handelt!«, schnaubte Irene. »Wenn Reisen durch Hyper 8 möglich sind, haben schließlich alle etwas davon.«

Diesmal war Tarek nicht ganz ihrer Meinung. »Das schon, aber derjenige oder besser die Gruppe, die das ermöglicht, hat automatisch auch finanziell ausgesorgt. Hyper 8 gehört zwar niemandem, doch das gilt nicht für den bemannten Flug hindurch. Hier liegt alles bei den USA oder bei Europa, also uns. Wenn die Amerikaner es vor uns schaffen, machen sie den meisten Gewinn.«

»Wenn es funktioniert«, sagte Methis. »Die Westwoods haben es zu eilig. Ihre Technologie ist nicht ausgereift. Sie steuern direkt auf ein Desaster zu.«

»Sollen sie!«, sagte Sibel. »Diese Typen können einfach nicht verlieren. Das zeigt uns schon die amerikanische Geschichte. Kriege, Wettrüsten, Raumfahrt. Überall haben sie mitgemischt und nicht eher Ruhe gegeben, bis sie ihren Willen hatten. Und sie hören nicht auf. Die USA haben ihren Weltmachtstatus schon lange verloren und trotzdem glauben sie immer noch, dass nichts ohne sie geht.«

Tarek lächelte. »Stimmt. Das beste Beispiel ist Methis. Ich glaube, die Amerikaner haben es Terence Rutherford nie verziehen, dass er den K.I.-Mikrochip entwickelt hat.«

»Nicht ganz«, sagte Sibel. »Sie haben ihm nie verziehen, dass er Australier ist.«

»Das ist vermutlich korrekt«, sagte Methis. »Sie berufen sich noch heute darauf, dass mein Chip nur die Weiterentwicklung eines amerikanischen Produktes sei. Das ist natürlich Unsinn. Der K.I.-Chip unterscheidet sich erheblich von allen anderen, die je existiert haben.«

Es klang wie eine Mischung aus Stolz und schmollen, was für Methis so ungewöhnlich war, dass Irene beinahe lachen musste. »Das wissen wir, Methis«, sagte sie. »Aber das spielt im Augenblick ohnehin keine Rolle. Wir sollten uns lieber auf unsere Arbeit konzentrieren. Uns fehlen noch ein paar Messdaten, damit wenigstens unser eigenes Experiment in vier Wochen nicht scheitert. Die Amerikaner werden ein enormes Risiko eingehen. Vielleicht sind sie tatsächlich die Ersten in Hyper 8, aber unser Weg ist viel sicherer – und das ist im Endeffekt mehr wert.«

Sibel und Tarek nickten ihr zu und machten sich ebenfalls an die Arbeit.

»Na, was denkst du?«, fragte der große kräftige Mann, als er das Appartement seines Bruders betrat.

Marvin Westwood schaute kaum von seiner Arbeit auf. »Ich glaube nicht, dass wir viel Erfolg hatten, Lee«, sagte er. »Die

Europäer scheinen unbeeindruckt. Zumindest hat sich an ihrem Starttermin nichts geändert.«

»Pah, Feiglinge!« Lee fuhr sich mit der Hand durch seine hellbraunen Haare. Eine Geste, die häufig überheblich wirkte und auch so gemeint war. »Ich wette mit dir, dass dieser ganze Raumkanalmist nicht existiert. Die wollen doch nur nicht zugeben, dass sie keinen Plan haben. Erst werden sie den Starttermin ein paar Mal verschieben und irgendwann geben sie dann mit Bedauern bekannt, dass das Projekt wegen unüberwindbarer Komplikationen nicht realisierbar ist.«

Marvin blickte von seiner Arbeit auf und seinem Bruder direkt in die Augen. Dafür, dass sie Zwillinge waren, sahen sie sich nicht sehr ähnlich. Lee war fast zwei Meter groß, sportlich und attraktiv, während Marvin eher schmächtig und unscheinbar wirkte. Nur die hellbraunen Haare und Augen verrieten, dass sie überhaupt verwandt waren. Auch im Wesen waren sie grundverschieden. Marvin war der stille Denker, stets ruhig und logisch und dabei so kalt wie ein Gefrierschrank. Es gab kaum etwas, was ihn aus der Fassung bringen konnte. Dafür tobte in Lee ein unbändiges Temperament, welches ihn, wenn er sich in Sport und Beruf nicht würde austoben können, zum Platzen bringen würde.

»Ich weiß nicht so recht«, sagte Marvin vorsichtig. »Sibel Kaya gehört zu den Personen, die genau wissen, wovon sie reden. Und sie hat die Idee zum europäischen Projekt gehabt.«

Lee schnaubte verächtlich. »Ach, hör mir auf mit der! Dieses Modepüppchen hat keine Ahnung. Es ist doch wohl völlig klar, auf welchem Weg die ihren Doktortitel erworben hat.«

Dazu sagte Marvin nichts. Er wusste genau, welche Ansicht sein Bruder zum so genannten »türkischen Wunderkind« hatte, schließlich war das auch seine Meinung. Dennoch gefiel ihm die ganze Geschichte nicht. Die Europäer schienen sich ihrer Sache viel zu sicher zu sein, sonst hätten sie Lees und seine

Provokationen nicht einfach ignoriert. Außerdem wollte sich Marvin nicht länger mit diesem Thema befassen. Er hatte genug andere Dinge zu erledigen. Immerhin sollte das amerikanische Projekt bereits in zwei Wochen beginnen, obwohl das eigentlich viel zu früh war. Marvin und sein Team hatten die neue Außenhülle der Probesonde noch nicht ausreichend getestet, doch er weigerte sich schlichtweg, sich Sorgen zu machen. Die Hülle war stabil und damit basta! Auch die Bedenken der anderen Kollegen, dass alle Versuche, einen festen Kurs zu halten, selbst bei den erprobten Minisonden fehlgeschlagen waren, ignorierte er. Und zu guter Letzt gab es da noch das Problem mit dem Austrittsportal. Wenn es ihnen nicht gelang, die Energiefelder in Hyper 8 zu nutzen, würde es unmöglich werden, diese Ebene je wieder zu verlassen.

Doch all das wollte Marvin nicht hören. Die Nutzung der Nanotechnologie zur Verstärkung der Außenhüllen bei Raumschiffen war seine Idee gewesen. Er hatte die »Space Spiders«, wie er die mikroskopisch kleinen Roboter nannte, selbst entwickelt und das sich selbst korrigierende Navigationsprogramm ebenso. Beides würde hundertprozentig funktionieren. Der einzige Haken war nach wie vor das Austrittsportal, aber das würde sein Team schon noch hinbekommen – und wenn sie dafür rund um die Uhr schuften mussten.

Dies war Marvins Chance, so richtig berühmt zu werden und seinen Bruder zum Helden zu machen, denn Lee würde der erste Pilot auf einem bemannten Hyper-8-Flug sein. Und diese Chance würden er und Lee sich nicht nehmen lassen. Ein Fehlschlag war nicht akzeptabel.

Zwei Wochen später lag der NASA-Stützpunkt in Texas im schönsten Sonnenschein. Alles war bereit für den Start der *Nano One*-Sonde, die beweisen sollte, dass Flüge durch Hyper 8 auch für Menschen möglich waren. Es standen noch zwei weitere

Sonden, *Nano Two* und *Nano Three*, bereit. Sie sollten *Nano One* jeweils im Abstand von ein paar Stunden folgen.

Alle drei Sonden führten so genannte »Biopacks« mit sich, die den Ersatz für organisches Leben darstellten. Dabei war »Ersatz« nicht das richtige Wort, denn es handelte sich um Bakterienkulturen von der Erde und vom Mars, wo gerade ein Terra-Forming-Projekt lief. Alles in allem war es tatsächlich organisches Leben, aber das wurde bei Bakterien nicht so genau genommen.

Marvin und Lee Westwood befanden sich beide im Kontrollzentrum und verhielten sich wieder einmal völlig unterschiedlich. Nur war es diesmal Marvin, der nervös auf seinem Stuhl hin und her wippte, während Lee lässig seine langen Beine ausstreckte und gelangweilt umherschaute. Es fehlte eigentlich nur, dass er seine Schuhe auf das Kontrollpult legte.

»Jesus! Komm runter, Brüderchen! Ist doch alles okay!«, sagte er grinsend, als Marvin beinahe seinen Kaffeebecher umwarf.

Doch für Marvin war nichts okay. Er wünschte sich nur, dass es endlich losging – oder noch besser, dass schon alles vorbei und ein voller Erfolg war. Im Moment wusste er nämlich nicht, ob er vor Aufregung schreien oder sich übergeben sollte. Beides schien irgendwie passend zu sein. Eines wollte und konnte er jedenfalls nicht, nämlich seinem Bruder antworten, denn in diesem Moment begann der Countdown.

Es gehörte sich praktisch von selbst, dass dieser Start von der ganzen Welt mit Spannung erwartet wurde, so auch in Deutschland.

Sibel Kaya, Irene Brecht und Tarek Sander hatten beschlossen, das Ereignis ebenfalls zu verfolgen. Und so saßen sie gemeinsam mit anderen Mitarbeitern des Instituts in der Versammlungshalle und schauten auf einen riesigen Bildschirm, als die Übertragung begann.

»Na, wenigstens haben die Amis schönes Wetter«, flüsterte Tarek Sibel mitten im Countdown zu. Die junge Türkin unterdrückte ein Lachen, denn in diesem Augenblick hob die Sonde ab.

Sibel staunte über die Größe des Geräts. Es war kleiner, als sie erwartet hatte. Sie schätzte die Sonde auf höchstens zwei mal zwei Meter, was sie gleich darauf bestätigt bekam, denn die Maße wurden eingeblendet, zusammen mit allgemeinen technischen Daten.

»Aha, Nanotechnologie«, sagte Irene Brecht anerkennend. »Die Idee ist gut, aber risikoreich.«

Sibel nickte. »Stimmt. Es ist fraglich, ob die Flexibilität ausreicht. Wenn ja, dann ist Marvin Westwood eine großartige technische Verbesserung gelungen.«

»Tja, und wenn es nicht so großartig ist, dann platzt die Sonde wie eine Seifenblase«, sagte Tarek.

»Du meinst wohl eher, sie wird auf Atomkerngröße zusammengepresst«, lächelte Irene.

Tarek hob die Schultern. »Meinetwegen. Aber egal, wie es ausgeht, es ist ein spektakuläres Ereignis. Wann beginnt Stufe zwei der Mission?«

Sibel sah auf ihre Uhr. »In zwei bis drei Stunden. Ihr wisst ja, die richtige Ausrichtung hinzukriegen, ist ein Geduldsspiel.«

»Schön. Wollen wir so lange weiterarbeiten oder schauen wir Marvin Westwood bei seiner Selbstbeweihräucherung zu?«, wollte Tarek wissen, weil gerade ein Interview mit dem Amerikaner gezeigt wurde.

Sibel und Irene sahen sich kurz an. »Arbeiten«, sagten sie gleichzeitig.

Pünktlich fanden sich die drei wieder in der Versammlungshalle ein, um den weiteren Verlauf der Mission ihrer Konkurrenz zu beobachten.

»Was ist bis jetzt passiert?«, fragte Irene einen Kollegen, der die ganze Zeit anwesend war.

»Nicht viel«, antwortete der. »Es kam nur eine Dokumentation darüber, wie das Projekt plangemäß ablaufen soll, und ein paar Interviews mit wichtigen Leuten. Oder solchen, die sich dafür halten«, fügte er grinsend hinzu. »Es war ziemlich langweilig.«

»Lass mich raten: Es wurde viel Eigenlob versprüht«, sagte Irene.

Der Kollege nickte.

Tarek klopfte Irene auf die Schulter. »Es geht weiter.«

Sofort schauten alle wieder zum Bildschirm.

Eines musste man den Amerikanern lassen: Sie verstanden es, große Inszenierungen zu machen. Die Aufnahmen der Sonde waren gestochen scharf, so dass man das Gefühl hatte, selbst im All dabei zu sein. Ein angespanntes Atmen ging durch die Halle, als sich das Portal nach Hyper 8 öffnete. Nur ein kurzer Moment gleißenden Lichtes verriet, dass die Sonde das Portal passierte. Dann gab es nur noch die unwirkliche Dämmerung von Hyper 8, doch niemand hatte Zeit, sich daran zu gewöhnen, denn plötzlich war das Bild weg. Auf dem Bildschirm herrschte nur noch Schwärze.

Jenseits des Atlantiks löste der abrupte Bildausfall panische Bestürzung aus.

»Was ist los?« Wie ein Pfeil schoss Marvin von seinem Stuhl hoch.

Seine Frage wirkte wie ein Startschuss. Sämtliche Mitarbeiter im Kontrollzentrum fingen auf einmal an zu reden. Marvin konnte aus dem Durcheinander nur eines klar heraus hören, nämlich dass keiner auch nur den Hauch einer Ahnung hatte, was geschehen war.

»Finde es selbst heraus!«, sagte eine Stimme neben ihm.

Marvin schaute seinen Bruder an, als müsse er sich vergewissern, dass er es tatsächlich war, so fremd hatte er geklungen.

Lees zuvor entspannte, ja, gelangweilte Haltung war völlig verschwunden. Tatsächlich wirkte er jetzt genauso nervös, wie Marvin sich fühlte. Irgendetwas, das spürten sie beide, war fürchterlich schief gelaufen. Aber Lee hatte Recht, nur Marvin war in der Lage, herauszufinden, was mit der Sonde passiert war. Alle anderen verstanden zu wenig von dieser Technologie, egal, wie altklug sie auch taten.

Am ganzen Körper zitternd setzte sich Marvin wieder hin und begann die wenigen Daten auszuwerten, die die Sonde vor dem Bildausfall erfasst hatte. Das Ergebnis ließ nicht lange auf sich warten und es war niederschmetternd. Marvin konnte es nicht glauben. Seine fiebrige Aufregung wich einer riesigen Enttäuschung. Seufzend verbarg er sein Gesicht in den Händen.

»Was hast du rausgekriegt?«, fragte Lee sofort.

»Die Sonde wurde zerquetscht«, sagte Marvin tonlos. »Die Hülle hat dem Druck nicht standgehalten.«

»Aber die Space Spiders …«, begann Lee.

»Haben versagt!« Marvin schlug mit der Faust auf das Kontrollpult, was einen Buchstaben- und Zahlensalat auf dem Monitor verursachte. »Die Nanoroboter konnten sich nicht rechtzeitig anpassen. Von der Sonde ist nichts mehr übrig.« Mittlerweile schrie er so laut, dass er die hektischen Gespräche der anderen übertönte. Sie verstummten und starrten ihn an.

»Was ist mit den anderen Sonden?«, wollte Lee wissen. »Starten wir die noch?«

Marvin warf ihm einen Blick zu, der Lee erschreckte. Er hatte seinen Bruder noch nie aufgeben sehen.

»Wozu?« Der resignierte Tonfall dieser Frage bestätigte Lees Befürchtungen. Marvin war bereit, alles hinzuwerfen, doch das durfte Lee auf keinen Fall zulassen. Es ging hier nicht nur um Marvins Traum.

»Weil es auch ein Materialfehler gewesen sein kann«, sagte er so ruhig wie möglich. »Wir haben zwei Sonden übrig, also sollten wir sie auch starten. Vielleicht kommt eine von ihnen durch?«

»Und wenn nicht?« Marvin stellte die Frage zwar, schien an einer Antwort aber nicht interessiert zu sein.

Er erhielt sie trotzdem: »Dann kannst du dich meinetwegen in dein stilles Kämmerlein zurückziehen und für den Rest deines Lebens Trübsal blasen.« Lees Augen funkelten angriffslustig. »Aber erwarte nicht von mir, dass ich dasselbe tue. Mir bedeuten meine Träume nämlich etwas.«

Alle hielten den Atem an. Niemand sonst hätte es gewagt, so mit Marvin zu sprechen, schließlich war er der Chef, er hatte alle Befugnisse und das Sagen bei dem Projekt. Doch Lee war sein Bruder. Wenn sich also jemand einen solchen Ton erlauben konnte, dann er.

Marvin schluckte eine wütende Antwort hinunter, als er Lee in die Augen sah. »Na schön, bereiten wir den Start der zweiten Sonde vor«, sagte er wider besseres Wissen.

Kapitel 2

A ch, du meine Güte! Jetzt tun sie mir fast leid.« Mitfühlend schaute Sibel auf ihren Bildschirm. Dort lief, wie häufig in den letzten Tagen, ein Bericht über die Westwood-Brüder.

»Ja, ihr Projekt war ein ziemlicher Reinfall«, sagte Tarek. »Aber eigentlich sind sie selbst schuld. Warum mussten sie auch so angeben?«

»Trotzdem … Ich mag es nicht, wenn jemand so in der Luft zerrissen wird«, sagte Sibel. Sie wechselte den Kanal, worauf auf dem Monitor mehrere Tabellen erschienen.

Irene nickte ihr zu. »So ist es richtig. Wir sollten uns auf unsere Arbeit konzentrieren, sonst sind wir die Nächsten, die von den Medien eingestampft werden.«

Daraufhin trat ein langes Schweigen ein, das nur hin und wieder von einem geräuschvollen Schlürfen unterbrochen wurde. Immer wenn Tarek in Gedanken war, nahm seine Lautstärke beim Kaffeetrinken deutlich zu.

Die drei Wissenschaftler waren so beschäftigt, dass sie zeitgleich zusammenzuckten, als Methis sich meldete. »Ihr kommt gut voran. Eure Bemühungen bewirken eine 90,28-prozentige Erfolgschance für das Projekt.«

»Schön, das zu hören«, sagte Sibel, während Irene und Tarek noch mit ihrem Herzschlag kämpften. »Allerdings wären mir noch ein paar Prozent mehr lieber.«

»Wir haben noch zehn Tage Zeit. Da kriegen wir das hin.« Irene gab sich optimistisch, bemerkte Tareks zweifelnden Blick jedoch sofort. »Stimmst du mir nicht zu?«

»Im Prinzip hast du Recht. Ein paar Verbesserungen können wir schaffen, aber was die hundertprozentigen Chancen angeht …« Er hob die Schultern.

»Davon hat niemand etwas gesagt«, meinte Sibel. »Ich wäre nur gerne ein wenig sicherer, bevor wir nach Frankreich fliegen.«

»Frankreich?«, sagte Irene verblüfft. »Dann bleiben uns ja nur noch sechs Tage.«

»Na, dann macht euch mal wieder an die Arbeit. Viel Glück!«, wünschte Methis und schaltete sich aus dem Gespräch.

Tarek blinzelte überrascht. Wieder hatte der Supercomputer sehr menschlich geklungen. Langsam wurde ihm das wirklich unheimlich, doch er hatte keine Zeit, sich darüber Gedanken zu machen. Es gab noch so viel zu tun.

Dann war es endlich so weit.

Zehn Tage später herrschte im Raumfahrtkontrollzentrum in Frankreich volle Konzentration. In einer knappen Stunde sollte das Projekt »Raumkanal« beginnen. Der zeitgleiche Start von fünf Sonden machte alle nervös, aber Sibel hatte darauf bestanden. Sie wollte nicht nur in Erfahrung bringen, ob die Kanaltechnologie überhaupt funktionierte, sondern auch wie belastbar das System war. Aus diesem Grund waren die fünf Sonden auch vergleichsweise riesig. Jede von ihnen hatte die Ausmaße eines Zwei-Mann-Raumgleiters, die zurzeit für Flüge zur Mars-Station benutzt wurden.

Auf die Frage eines penetranten Reporters, ob das nicht reichlich übertrieben sei, hatte Sibel schlicht geantwortet: »Wenn wir Menschen durch den Raumkanal schicken wollen, können wir ja schlecht Modell-Raumschiffe verwenden.« Daraufhin war selbst diesem Mann nichts mehr eingefallen, was auch gut war, denn Sibel wurde in der Zentrale erwartet. Nun saß sie scheinbar entspannt an ihrem Kontrollpult und überprüfte noch einmal die wichtigsten Daten.

»Bei uns ist alles in Ordnung«, meldete Tarek, der seinen Check-up zusammen mit Irene gerade beendet hatte.

»Bei mir auch«, lächelte Sibel und wandte sich an den Flight Director: »Wie sieht es mit dem Rest aus?«

»Alles ist bereit. Wir haben Go für den Start.«

»Dann kann es ja losgehen.« Sibel lehnte sich zurück.

In New York sahen Lee und Marvin Westwood die Dinge weniger gelassen. Seit ihre eigene Mission vor zwei Wochen in einem Desaster geendet hatte, war das Verhältnis der beiden Brüder enorm angespannt. Beide waren wütend aufeinander. Marvin nahm es übel, dass Lee ihn überredet hatte, die beiden letzten Sonden noch zu starten, obwohl es eindeutig gewesen war, dass auch sie zerstört wurden. Lee dagegen konnte es Marvin nicht verzeihen, dass dieser tatsächlich alles hingeschmissen hatte, anstatt von vorne anzufangen und es besser zu machen. Seiner Meinung nach gehörten Fehlschläge dazu, wenn man Erfolg haben wollte. Doch eigentlich wusste Lee genau, warum Marvin so endgültig reagiert hatte. Sein Bruder hatte nie zuvor Pech gehabt. Was er anpackte, das gelang. Es schien fast, als könne Marvin gar nichts falsch machen.

Es war ein schwerer Schlag für ihn gewesen, als seine Träume von Hyper 8 buchstäblich zertrümmert wurden. Dennoch hatte Lee nicht erwartet, dass Marvin wirklich aufgeben würde. Ein Mann von 29 Jahren und einem Intelligenzquotienten von 180 sollte eigentlich erwachsener reagieren und nicht wie ein Kind, dem man den Lolli geklaut hatte.

Nur mit Mühe hatte Lee Marvin dazu überreden können, sich anzusehen, was die ehemalige Konkurrenz tat. Jetzt saßen sie in Marvins Appartement vor dem Bildschirm und sparten nicht mit abfälligen Bemerkungen.

»Sie starten also alle Sonden gleichzeitig und lassen sie im Abstand von zehn Minuten in den Raumkanal einfliegen«, sagte Marvin gerade. »Nicht schlecht, das macht das Ganze kurz und schmerzlos.«

Lee hob die Augenbrauen. »Wieso?«

»Weil sie dann schon nach einer knappen Stunde vor den Trümmern ihrer Arbeit stehen. Dann tut's nicht so weh«, erklärte Marvin.

»Schade, ich würde die Kleine so gerne heulen sehen.« Lee trank einen Schluck aus seiner Bierflasche.

»Was hast du eigentlich gegen Sibel Kaya?«, wollte Marvin wissen. »Jedes Mal, wenn wir von ihr reden, gibst du den großen Macho.«

Das wollte Lee nicht auf sich sitzen lassen. »Moment, du hast mir doch gesagt, dass sie ihren Abschluss nur gekriegt hat, weil sie den Professoren schöne Augen gemacht hat.«

»Ja … nein … na ja …« Marvin wand sich wie ein Regenwurm im Komposthaufen. »Eigentlich stimmt das gar nicht.«

»Wie bitte?«, fragte Lee so überrascht, dass er sich beinahe an seinem Bier verschluckte.

Marvin war sichtlich in Erklärungsnot. »Ich war sauer auf sie«, gab er schließlich zu. »Ich habe sie vor zwei Jahren auf einer Konferenz in Tokio kennen gelernt. Damals haben wir beide unsere Projekte vorgestellt und sind ziemlich aneinander geraten. Ich habe versucht …« Er machte eine Pause und winkte ab. Das Thema war ihm peinlich.

Doch Lee ließ nicht locker. »Was hast du versucht? Wolltest du bei ihr landen, oder was?«

»Nein!«, rief Marvin so energisch, als wenn das völlig abwegig wäre. »Ich habe ihre Theorie in Frage gestellt, diesen Raumkanal, du weißt schon.« Er nickte in Richtung Bildschirm. »Aber sie hatte auf alles eine Antwort und sogar schon Baupläne und eine komplette Kostentabelle und die Zusage der *Europäischen Weltraumkommission*. Und dann hat sie mein Projekt angezweifelt, in jeder Beziehung.«

»Das ist doch normal, oder?«, sagte Lee. »Ich meine, ihr wolltet schließlich beide als das Supergenie dastehen.«

Marvin seufzte und griff nach seinem Wasserglas. Er trank aber nicht, sondern starrte nur hinein. »Du hast ja Recht«, sagte er. »Das Blöde ist nur, dass sie völlig richtig lag. Sie hat zum Beispiel gesagt, mein Vorhaben wäre zu teuer, und wir haben tatsächlich das Budget weit überschritten. Tja, und dann hat sie gemeint, dass Objekte einer Größe von mehr als 30 Zentimetern den Kräften in Hyper 8 niemals standhalten könnten, und meine Sonden hat's gleich nach dem Portaleintritt zerlegt. Und noch ein paar Dinge, die auch alle eingetroffen sind.«

Marvin wurde zum Ende hin immer leiser, während Lee lautstark zu fluchen anfing: »Dieses arrogante Miststück! Was bildet die sich eigentlich ein? Die wird ihre Quittung heute kriegen, da wette ich drauf! Ihr komischer Raumkanal wird sich in Nichts auflösen. Dann hat sie auch eine Menge Geld ins All geschossen.«

»Schon möglich, aber zumindest ist sie im Rahmen ihres Budgets geblieben«, sagte Marvin.

Lee blieb der Mund offen stehen. Es war einfach nicht zu fassen. Obwohl er Sibel Kaya nicht persönlich kannte, brachte sie ihn häufiger zur Weißglut, als jede andere Frau dies bisher getan hatte – und das einschließlich seiner strohdummen Cousine. Was gab ihr eigentlich das Recht, ihm und Marvin ständig einen Schritt voraus zu sein? Konnte sie nicht einfach das tun, was am besten zu Frauen passte? Gut aussehen und die Klappe halten. Jetzt dachte er wirklich wie ein Macho, so weit hatte sie ihn also schon gebracht.

»He, jetzt geht's richtig los.« Marvin stieß ihn an.

Lee griff zur nächsten Bierflasche und schaute wieder zum Bildschirm. Mit etwas Glück würde das eingebildete Modepüppchen bald sehr viel kleinlauter sein.

Nervös verfolgten Sibel, Tarek und Irene den Flug der fünf Sonden. Zu ihrer Erleichterung war der Start problemlos verlaufen und auch sonst ging alles glatt.

Tarek prüfte routinemäßig noch einmal die Werte des Konverters, der schon vor sechs Wochen in einer Umlaufbahn zwischen Venus und Erde installiert worden war. Die Kanalöffnung lag etwas entfernt, damit der Konverter nicht beschädigt wurde. Auch hier war alles in Ordnung und Tarek konnte Sibel beruhigend zulächeln.

Endlich trafen die Sonden ein und steuerten auf die Öffnung zu. Mittlerweile war im Kontrollraum die Spannung fast körperlich fühlbar. Alle wagten kaum zu atmen.

»Kanaleintritt!«, meldete Methis, die natürlich wieder mit von der Partie war. »Ich deaktiviere die Kameras.«

Der Flight Director sprang auf. »Wieso denn das?«

Sibel lächelte ihn an. »Haben Sie es vergessen? Die Energiesignaturen des Kanals schädigen nicht nur den Sehnerv, sondern das gesamte vegetative Nervensystem.«

»Aber wie halten wir Kurs?«, fragte der Mann verwirrt, schlug sich dann aber sofort an die Stirn. »Ach, ja! Das macht der Kanal, richtig?«

»So ungefähr«, sagte Tarek. »Der Kanal ist so etwas Ähnliches wie ein Gleitbahntunnel. Es geht nur in die Richtung weiter, in die man hineingeflogen ist. Wendemanöver oder Kunstflugstücke funktionieren nicht.«

»Genau. Wichtig ist nur, dass das einfliegende Objekt eine bestimmte Position beibehält, über einen eigenen Antrieb verfügt und die Grundgeschwindigkeit hoch genug ist«, sagte Sibel. »So können wir ausschließen, dass zum Beispiel Asteroiden oder andere Dinge in dem Kanal herumschwirren.«

»Wohin geht die Reise eigentlich?«, wollte einer der Reporter wissen, die sich noch immer im Besucherzentrum hinter einer Sicherheitsscheibe breitmachten.

»Alpha Centauri«, sagte Irene so gleichmütig, dass sie nervöses Gekicher erntete.

»A-aber der Stern ist doch fünf Lichtjahre entfernt«, stotterte diesmal eine Reporterin. »Wie lange soll das denn dauern?«

»Also, zunächst einmal handelt es sich um drei Sterne, nicht um einen«, erklärte Tarek. »Außerdem sind sie 4,3 Lichtjahre entfernt, was für uns bedeutet, dass der Flug 28 Tage dauert.«

Daraufhin redeten im Besucherraum erst einmal alle durcheinander. Endlich schaffte es jemand, mit einer Frage durchzukommen: »Wie kann das möglich sein?«

»Das liegt an … Moment mal!«, unterbrach sich Sibel selbst. »Was war das denn, Methis? Ich kriege hier eine starke Energiefluktuation angezeigt.«

»Der Kanal ist gerade mit einem der Hyper-8-Energiefelder zusammengestoßen«, sagte Methis. »Aber machen Sie sich keine Gedanken. Das ist unproblematisch.«

»Das sehe ich.« Sibels Augen fingen an zu leuchten wie die Funken einer Wunderkerze. »Unglaublich, der Kanal hat einen Teil der Energie absorbiert.«

»Und ist dadurch noch stabiler geworden«, ergänzte Irene. Sie starrte auf die Daten. »Und schneller. Das Energiefeld hat die Flugzeit enorm verkürzt. Die Sonden brauchen jetzt nur noch …« Sie begann zu rechnen, doch Methis war natürlich schneller.

»Viereinhalb Tage. Die Überlichtgeschwindigkeit der Teilchen hat sich auf den Kanal übertragen. Wir hatten die Wirkung der Gravitation schon mit in die Geschwindigkeit einbezogen, aber die Energiefelder nicht.«

»Wieso nicht?«, fragte der Flight Director.

Sibel gab die Antwort. »Weil wir eigentlich gehofft hatten, auf keines zu treffen. Wir hatten Probleme mit dem Kanal befürchtet. Jetzt sehe ich das allerdings anders. Wenn die Daten stimmen, dann zieht der Kanal die Energiefelder sogar an, um sich selbst zu stabilisieren. Die höhere Geschwindigkeit ist nur ein netter Nebeneffekt. Außerdem haben wir wohl das Maximum erreicht. Stimmt das, Methis?«

»Korrekt, laut meiner Berechnung ist ein Tag Flugzeit gleich einer Strecke von einem Lichtjahr.«

Alle schwiegen ehrfürchtig, nur der penetrante Reporter, der Sibel die ganze Zeit auf die Nerven ging, konnte auch diesmal den Mund nicht halten. »Das ist, als hätte man einen Fusionsantrieb in eine Dreirad eingebaut.«

In New York saßen die Westwoods inzwischen gespannt vor ihrem Bildschirm.

»Nicht zu fassen, es hat geklappt!«, hauchte Marvin. »Und schneller als unsere Methode ist es auch noch.«

Lee strahlte über das ganze Gesicht. Das, was er sah, war eindeutig etwas für ihn. Er begann bereits, sich auszumalen, wie es sein müsste, durch den Kanal zu fliegen. Allerdings sagte ihm seine Vernunft, dass seine Chancen dafür ziemlich schlecht standen. Wenn es tatsächlich zu einem bemannten Raumkanalflug kam, würde bestimmt ein europäischer Pilot ausgewählt werden, zumal er sich selbst jede Möglichkeit zunichte gemacht hatte. Sibel Kaya und ihr Team waren im Augenblick bestimmt nicht gut auf ihn zu sprechen. Dazu hatte er zu viele dumme Kommentare abgegeben, wie er sich im Nachhinein eingestand. Trotzdem setzte sich der brennende Wunsch in ihm fest, der erste Mensch im Raumkanal zu sein.

Da fiel ihm auf, dass Marvin ihn forschend ansah. »Was ist?«, fragte er aggressiver, als er wollte.

»Ich frage mich, woran du gerade denkst?« Noch immer behielt Marvin ihn im Blick.

Lee rutschte unbehaglich auf dem Sofa herum. »An nichts Bestimmtes«, log er, doch Marvin kannte seinen Bruder zu gut.

»Ich glaube nicht, dass du genommen werden würdest.«

»Das weiß ich selber«, sagte Lee wütend.

Marvin hatte ihn natürlich durchschaut. Lee wusste nicht, was ihn mehr ärgerte, dass Marvin Recht hatte oder dass er ihn ansah, als hätte er gerade Hochverrat begangen. Was war falsch daran, sich etwas zu wünschen, auch wenn es nicht in Erfüllung ging? Schließlich war es Marvin gewesen, der alles aufgegeben hatte. Lee musste doch nicht das Gleiche tun, nur weil sie Brüder waren.

Marvins Blick schien sich in ihn hineinzubohren. »Hör auf, dir was vorzumachen!«

»Warum? Man wird ja wohl noch träumen dürfen.« Lee trank sein drittes Bier in raschen Zügen.

»Und an mich denkst du gar nicht?«

Es klang enttäuscht. Lee spürte, wie der Zorn in ihm hochstieg. Das Bier hinterließ einen bitteren Nachgeschmack im Mund. »Sei nicht albern, Marvin!«, sagte er so ruhig, wie es ihm gerade noch möglich war. »Es ist genauso, wie du gesagt hast: Die Kleine sucht sich eher einen Gorilla aus, der in den Raumkanal fliegt, als mich. Das wissen wir beide. Ich wollte nur gern der erste Hyper-8-Pilot sein, das ist alles.«

»Und jetzt gibst du mir die Schuld, dass du es nicht sein wirst«, sagte Marvin ganz leise.

Nun riss Lees Geduldsfaden. »Red' keinen Quatsch! Wir hatten es beide zu eilig und es ist schief gegangen. Ich mache dir keine Vorwürfe. Ich wünschte nur, wir wären noch im Rennen.« Er stürzte das vierte Bier hinunter. Seine Augen brannten. Wenn Marvin jetzt nur noch ein Wort sagte, würde er ihm eine verpassen.

Doch Marvin sagte nichts. Er wusste genau, was Lee fühlte. Auch in ihm hatte sich mit dem Erfolg der europäischen Mission der Gedanke festgesetzt, dass wieder alles möglich war. Aber das Projekt hatte gerade erst begonnen. Ob es ein Erfolg war, würde sich noch zeigen müssen. Es hatte keinen Sinn, den Dingen vorzugreifen.

Nach vier Tagen hatte der Medienzulauf im französischen Raumfahrtzentrum gigantische Ausmaße angenommen. Die

Reporter, die Wissenschaftler und der Rest der Welt erwarteten mit Spannung, dass die fünf Sonden den Raumkanal wieder verließen. Sibel Kaya hatte zwar erklärt, dass am Ende des Kanals der normale Raum auf die Sonden wartete, aber ganz sicher war sie sich dessen nicht. Dazu kam, dass niemand wirklich daran glaubte, etwas von Alpha Centauri zu sehen, denn auch die Kameras waren ja dann nicht mehr in Hyper 8.

Doch Irene Brecht und Tarek Sander wischten diese Bedenken bei Seite. Das Problem hatten sie schon bei der ersten Hyper-8-Mission gelöst und mit Methis' Hilfe Kameras konstruiert, die Live-Aufnahmen garantierten, selbst wenn die Sonden am anderen Ende der Galaxis auftauchen würden. Dagegen war Alpha Centauri nun wirklich nur ein Katzensprung.

Und so bot sich den Menschen im Kontrollzentrum und dem Millionenpublikum an den Bildschirmen ein fantastisches Bild eines neuen und gleichzeitig so vertrauten Sternensystems, als die erste Sonde aus dem Kanal schoss.

»Heller, als ich dachte«, sagte Tarek als Erster und blinzelte.

»Na, das war doch zu erwarten«, lächelte Irene. »Die zwei Hauptsterne haben jeder für sich ungefähr die Leuchtkraft unserer Sonne. Den dritten Stern, also den Roten Zwerg, können wir vernachlässigen.«

»Das weiß ich doch. Nur hatte ich die Aufnahmen der ersten Alpha-Centauri-Mission irgendwie dunkler in Erinnerung«, sagte Tarek.

Sibel stimmte ihm zu. »Da hast du Recht, aber wenn man sich überlegt, wie wenig Bildmaterial von dieser Mission überhaupt verwertbar war, lässt sich das leicht erklären. Zumindest wussten dann alle, dass Alpha Centauri definitiv ein Planetensystem hat.«

Der Flight Director lachte leise und auch Tarek hatte Mühe, ernst zu bleiben.

»Ob die Leute vor 150 Jahren derselben Meinung waren, als ihre Sonde auf einem Gesteinsbrocken in Marsgröße aufschlug, wage ich zu bezweifeln.«

»He, wir sollten uns vielleicht wieder mit der Gegenwart beschäftigen«, sagte Sibel stirnrunzelnd. Diesen plötzlichen Mangel an wissenschaftlichem Ernst empfand sie als äußerst unpassend.

Irene sah das offenbar auch so, denn sie schaute konzentriert auf den großen Monitor, der die Bilder der Sonde zeigte. Das System von Alpha Centauri war tatsächlich sehr hell, aber nicht blendend, so dass schon jetzt Einzelheiten zu erkennen waren.

»Methis, vergrößere bitte den Ausschnitt links unten!«, forderte Irene. »Danke. Jetzt bitte links oben.« Irene gab ein paar zusätzliche Daten ein. »Mitte unten. Gut! Mitte oben. Hmm. Etwas abdunkeln und rechts unten. Und jetzt noch bitte rechts oben. Danke!« Sie blickte vom Hauptmonitor zu ihrem eigenen und dachte angestrengt nach, gab noch ein paar Daten ein und überlegte wieder. Dabei murmelte sie vor sich hin. »Das kann doch nicht sein! Ich habe mich bestimmt vertan. Entweder das, oder sämtliche Astronomen haben jahrhundertelang etwas übersehen.«

»Was hast du, Irene?«, wollte Tarek wissen. Er kannte seine Kollegin schon zu lange, um nicht zu erkennen, dass sie etwas Ungewöhnliches entdeckt hatte.

Irene machte nie viel Aufhebens von etwas und darüber reden tat sie noch weniger. Sie überprüfte alles lieber so lange, bis sie sich sicher war, keine Fehlinformation zu liefern. Tarek empfand das gelegentlich als ein wenig anstrengend, doch der Erfolg gab Irene Recht, auch wenn es länger dauerte.

Unterdessen hatte Sibel versucht, herauszufinden, was sich im Inneren der Sonde abgespielt hatte. »Sehr gut«, freute sie sich jetzt. »Die Biomasse hat den Kanalflug heil überstanden. Bis jetzt gibt es keine negativen Veränderungen. So, wie es aussieht, haben sich die Bakterien sogar fleißig vermehrt.«

Tarek seufzte. »Wie schön für sie. Könntest du jetzt bitte Irene fragen, was los ist? Mit mir redet sie zurzeit nicht.«

»Lasst sie, das geht in Ordnung!«, funkte Methis dazwischen, bevor Sibel den Mund aufmachen konnte. »Wir müssen auf die zweite Sonde und deren Messungen warten, bevor wir sicher sein können.«

»Worüber sicher sein?« Nun wurde auch Sibel neugierig.

»Abwarten! Gleich wissen wir mehr«, sagte Methis.

In diesem Moment erschien die zweite Sonde.

»Was machst du da eigentlich?«, wollte Lee wissen, während er seinem Bruder über die Schulter schaute. Das hätte er sich sparen können, denn aus dem Gewirr aus Buchstaben und Zahlen auf dem kleinen Zettel wurde er nicht schlau.

»Ich prüfe etwas nach«, sagte Marvin mehr zu sich selbst als zu Lee. »Wenn die Brecht richtig liegt, dann … Aber das kann nicht stimmen! Es gab keinerlei Hinweise darauf.«

»Auf was?« Lee wurde allmählich ungeduldig. Marvin schien ihn gar nicht zu hören.

»Da ist die zweite Sonde, vielleicht bringt die ein bisschen Klarheit.«

»Klarheit worüber?« Entnervt blickte Lee auf den Bildschirm zurück.

In Europa werteten Irene und Methis gerade die neuen Daten aus. Sibel und Tarek sahen erst sich an und dann auf die Bilder der zweiten Sonde.

Plötzlich ging beiden ein Licht auf. »Das gibt es nicht!«, riefen sie gleichzeitig und wandten sich ebenfalls ihren Kontrollpulten zu.

»Was ist denn los?«, fragte einer der Reporter, die ungeduldig im Besucherraum warteten. Er wurde komplett ignoriert.

Auch der Flight Director beschäftigte sich jetzt mit den Daten. Er war zwar kein Wissenschaftler, verstand aber genug von der Materie, um zu bemerken, dass an den Messungen irgendetwas faul war. Da war einfach zu viel Masse im Spiel.

»Methis! Zieh das Bild von der zweiten Sonde in die Totale!«, sagte Sibel in diesem Moment. »Da! Da ist er!«

»Wir sehen es ja«, versuchte Irene sie und sich zu beruhigen, was gar nicht so einfach war, denn diese Entdeckung war unglaublich.

Jetzt wusste auch der Flight Director Bescheid. Er drehte sich in Richtung Besucherraum um. »Mesdames et Messieurs! Ich glaube, wir haben einen neuen Planeten entdeckt.«

In New York fiel Lee aus allen Wolken. »Ja, spinnt denn der?«

»Nein, tut er nicht«, lachte Marvin. »Alpha Centauri hat tatsächlich einen Planeten mehr, als wir dachten. Es sind jetzt sieben. Fünf erdähnliche, also aus festen Stoffen, und zwei Gasriesen. Die diversen Kleinplaneten nicht mitgezählt.«

»Okay. Und wieso freut dich das so?«, wollte Lee wissen. Er konnte seinen Bruder nicht verstehen. Noch vor einer halben Stunde war Marvin so deprimiert gewesen, dass er einen ganzen Haufen grauer Wolken hätte erzeugen können, und nun konnte er auf einmal vor Begeisterung kaum stillsitzen.

»Dann schau mal genau hin!«, empfahl Marvin. »Der Planet liegt genau in der bewohnbaren Zone. In dem Bereich, der Leben möglich macht«, erklärte er auf Lees verständnislosen Blick hin. »Und er ist nur ein wenig größer als die Erde und hat vielleicht sogar Monde.«

»Aha. Und das heißt?« Lee verstand immer noch nicht.

»Oh, Mann! Schalte deinen Kopf ein!«, sagte Marvin genervt. »Wenn der Planet eine Sauerstoff-Stickstoff-Atmosphäre hat, finden wir dort vielleicht biologische Lebensformen.«

Und endlich fing auch Lee an zu strahlen.

Kapitel 3

Zwei Wochen später lagen dem Forscherteam in Frankreich die Daten aller fünf Sonden vor. Die bisherigen Ergebnisse waren sehr erfreulich. Offenbar hatten die mitgeführten Bio-packs die Hyper-8-Reise gut überstanden. Sie wiesen keinerlei negative Veränderungen auf. Außerdem waren die wichtigsten Messungen des Systems beinahe abgeschlossen – mit zum Teil erstaunlichen Ergebnissen.

Schon die allerersten Daten von vor rund 200 Jahren waren verblüffend gewesen, weil man es bis dahin für ausgeschlossen gehalten hatte, in einem Dreifach-Sternensystem überhaupt Planeten zu finden. Als sich jedoch immer mehr herausgestellt hatte, dass abgesehen von den Sonnen noch weitere Objekte vorhanden waren, gingen alle von Zwergplaneten und anderen Kleinkörpern aus. Erst der Zusammenstoß von *Toliman 1*, benannt nach dem arabischen Namen Alpha Centauris, mit einem Felsen von der Größe des Planeten Mars machte klar, dass sie sich geirrt hatten. Im Laufe der Jahre wurden noch fünf weitere Planeten gefunden, darunter zwei Gasriesen. Bewohnbar schien keiner von ihnen zu sein, auch wenn nach den Berechnungen die Lücke zwischen den kleineren Planeten und den Gasriesen viel zu groß war. Man vermutete daher eine Art Asteroiden-gürtel, wie es ihn zwischen Mars und Jupiter gab. Dies wurde sehr bedauert, denn der Gürtel befand sich demnach in Alpha Centauris bewohnbarer Zone.

Umso erfreulicher war da natürlich das Ergebnis der Raum-kanalmission, denn tatsächlich entpuppte sich der imaginäre Asteroidengürtel als der fünftinnere Planet des Systems.

Inzwischen hatten Sibel, Irene und Tarek noch viel mehr über dieses hübsche Überraschungspaket herausfinden können. *Alpha Centauri 5* war etwas größer als die Erde. Dasselbe galt für Masse und Gravitation. Seine Rotationszeit lag bei exakt 24,5 Stunden und er umlief *Alpha Centauri A* in zwei Jahren und 13 Tagen auf einer sehr lang gezogenen Ellipse. Laut Methis war der zweite Hauptstern dafür verantwortlich, der auch die anderen Planeten beeinflusste. Um das Bild perfekt zu machen, besaß der Planet drei kleine Trabanten, deren Bahnen dicht beieinander lagen, so dass ihre Auswirkungen denen des irdischen Mondes glichen.

Wegen dieser Unmenge an Erkenntnissen war Sibel dazu bereit, den nächsten Schritt zu machen. Sie wollte zwei der Sonden auf dem Planeten landen lassen. Die drei anderen sollten ihre Arbeit im All fortsetzen.

»Wollen wir das wirklich riskieren?«, fragte Tarek skeptisch, als Sibel ihm und Irene ihr Vorhaben mitteilte.

»Wieso nicht?«, fragte die junge Türkin dagegen. »*Alpha Centauri 5* hat, so weit wir feststellen konnten, eine erdähnliche Atmosphäre. Der Sauerstoffgehalt ist sogar etwas höher als bei uns. Die Sonden haben pflanzliches Leben entdeckt. Ich will einfach wissen, wie es da unten aussieht.«

Irene nickte eifrig. »Ich bin dafür. Wir sind schon zu weit gekommen, um jetzt zu kneifen. Die Sonden sind solide genug, um durch die Atmosphäre zu kommen. Immerhin haben sie das schon einmal geschafft, als sie von hier gestartet sind. Außerdem, stellt euch nur mal die Gesichter aller Biologen dieser Welt vor. Für die muss das so sein, als hätten wir das Paradies entdeckt.«

Diesem Argument konnte sich Tarek nicht entziehen. »Schon gut, dann landen wir eben. Wann soll es losgehen?«

»So schnell wie möglich. Wir warten nur noch auf unsere heiß geliebten Reporter.«

Überrascht sah Irene Sibel an. »Wieso denn das?«

»Weil die uns den Kopf abreißen, wenn wir ohne sie anfangen«, sagte Sibel grinsend.

»Was ist denn jetzt schon wieder los?« Mit diesen Worten betrat Lee das Appartement seines Bruders. »Was faselst du von einer Sondersendung?«

Marvin kam, einen Bierkasten tragend, aus der Küche. »Nimm dir eins, du wirst es brauchen!«, sagte er, während er den Kasten neben dem Sofa abstellte.

Verblüfft gehorchte Lee und nahm Platz. Marvin wartete, bis er den ersten Schluck getrunken hatte.

»Die wollen zwei Sonden landen lassen«, sagte er dann.

»Ist nicht wahr!« Lee konnte es kaum glauben. Erst als Marvin den Bildschirm aktivierte und die Sondersendung tatsächlich angekündigt wurde, fand er seine Sprache wieder. »Das bedeutet, wir kriegen zu sehen, wie es da aussieht?«

»Ja!« Mehr sagte Marvin nicht. Er war genauso gespannt wie sein Bruder, was diesen allerdings freute.

Marvins Einstellung hatte sich in den letzten Tagen sehr verändert. Zwar wurmte es ihn noch immer, dass die Europäer den Hyper-8-Wettlauf gewonnen hatten, und Lee ging es auch so, aber allein die Entdeckung des neuen Planeten reichte aus, um bei beiden für eine mittlere Euphorie zu sorgen. In Marvin war der Forschergeist wieder erwacht und er wollte unbedingt mehr über diese »zweite Erde«, wie der Planet bereits von einigen genannt wurde, erfahren. Lees Wünsche waren sogar noch ehrgeiziger. Er musste diese neue Welt einfach kennen lernen – und zwar in Wirklichkeit und nicht nur als Film. Er würde alles dafür tun, um zu diesem Ort zu gelangen. Aus irgendeinem Grund fühlte er, dass er dorthin gehörte, egal, was es kostete.

Im Kontrollzentrum hatte inzwischen Methis die Führung übernommen. Das war die beste Lösung, da der Supercomputer am schnellsten reagieren konnte, sollten Probleme auftauchen.

»Anflug eingeleitet. Landung in zehn Minuten«, meldete sie jetzt.

Sibel schaute auf den Kontrollbildschirm, obwohl das vollkommen unnötig war.

Dennoch fühlte sie sich sicherer, wenn sie die Vorgänge selbst im Auge behielt, immerhin liefen alle Signale, die Methis den Sonden schickte, über Hyper 8, damit eine sofortige Umsetzung erfolgte. Andersherum nahmen auch die Bilder der Sonden diesen Weg. Nicht auszudenken, wenn es auf dieser Ebene Schwierigkeiten geben würde! Hyper 8 war gewissermaßen zur Abkürzung für die Astronomie geworden und natürlich zum Forschungsgebiet Nummer eins.

Aber auch der normale Raum, Hyper 4, bot ständig Neues auf, wie der Planet vor ihnen bewies.

Sibel lief ein freudiger Schauer über den Rücken, wenn sie daran dachte, welche Möglichkeiten sich durch die Entwicklung der Raumkanaltechnologie ergaben. Das Letzte, was ihr Team jetzt brauchen konnte, waren irgendwelche Übertragungsprobleme.

Sie sorgte sich umsonst. Dank Methis lief alles glatt und beide Sonden landeten butterweich.

Sofort erschienen die ersten Bilder auf den Monitoren und jeder hatte gleich seinen persönlichen Favoriten.

»Seht euch den Himmel an!«, schwärmte der Flight Director. »So ein Blau gibt es bei uns schon lange nicht mehr.«

»Stimmt. Und die Sonnen erscheinen jetzt gelb«, sagte Tarek. »Und man erkennt nur noch zwei. Der rote Zwergstern ist völlig verschwunden. Auch auf der Nachtseite ist keine Spur von ihm.« Er warf einen Blick auf die Bilder der zweiten Sonde. »Korrektur. Er ist noch da, aber so schwach, dass er wie ein vierter Mond aussieht, ein hell orangener.«

Sibel und Irene interessierten sich mehr für die Dinge, die in der Nähe lagen.

»Wüste oder Steppe, was denkst du?«, fragte Sibel.

»Steppe«, antwortete Irene sofort. »Siehst du, dort sind Gräser. Methis, vergrößere den Ausschnitt bitte mal!« Irene betrachtete sich die nun wolkenkratzerhohen Halme genau. »Scheint eine Getreideart zu sein. Ich bin kein Biologe, deshalb weiß ich nicht, welches, aber … Was zum Teufel ist denn das?«

Etwas Riesiges und Behaartes lief ins Bild und machte sich an einem der Halme zu schaffen. Methis verkleinerte den Ausschnitt wieder, während Sibel jetzt völlig aus dem Häuschen geriet. »Das ist ein Säugetier! Nicht zu glauben, ein Säugetier!«

Der Flight Director, durch die Aufregung der beiden Frauen neugierig geworden, legte den Kopf schief. »Sieht aus wie ein Hamster.«

»Ja, klar! Ein türkisfarbener Hamster mit sechs Beinen!«, schnaubte Tarek.

Aus der Besucherkabine drang schallendes Gelächter, das sofort von einer Reporterin abgewürgt wurde. »Was gibt es denn da zu lachen? Der Vergleich ist nicht schlecht. Es scheint sich ja wohl um ein Nagetier zu handeln und dass es mehr Beine und eine andere Farbe hat, ist doch wohl klar. Ich meine, habt ihr wirklich erwartet, eine Kopie der Erde vorzufinden? Das wäre doch langweilig.«

»Die Lady hat vollkommen Recht«, sagte Sibel mit leuchtenden Augen. »Ich bin hin und weg! Mit Pflanzen haben wir ja gerechnet, aber mit Säugetieren? Das ist unglaublich! Bei einer Schnecke oder Spinne hätte ich nichts gesagt, aber Säugetiere? Das ist …«

»Unglaublich«, vollendete Tarek. »Du wiederholst dich.« Doch auch er war begeistert.

»Na, so was … Und ich dachte immer, türkisfarbene Hamster wären eine Ausgeburt deiner Fantasie, wenn du zu viel getrunken hast.« Marvin grinste seinen Bruder an.

»Wenigstens habe ich Fantasie«, sagte Lee. »Du bist doch so kreativ wie ein Taschenrechner.«

»Stimmt nicht, die sechs Beine passen total in mein Vorstellungsvermögen«, widersprach Marvin.

Aber das ließ Lee nicht gelten. »Doch nur, weil Käfer die auch haben.«

»Ja, Käfer haben sogar dir etwas voraus«, sagte Marvin.

»Und das wäre?«, wollte Lee wissen, obwohl er ahnte, dass die Frage ein Fehler war. Marvins Grinsen gefiel ihm gar nicht.

»Der Verstand eines Käfers passt proportional zu seiner Größe. Bei dir dagegen …« Weiter kam er nicht, denn Lee warf ihm ein Sofakissen ins Gesicht.

»Werd' nicht frech, nur weil du der Klügere von uns beiden bist! Du weißt doch, dass Genie und Wahnsinn dicht beieinander liegen.«

Da kam das Kissen zurückgeflogen.

Seit mehreren Tagen befanden sich die Sonden auf *Alpha Centauri 5* und die Sensationsmeldungen rissen nicht ab. Der neu entdeckte Planet wies eine Flora und Fauna auf, die der Erde enorm ähnelte, wenn man davon absah, dass alle Säugetiere sechs Beine hatten. Auch das Wasservorkommen war fast so groß wie auf der Erde. Neben drei salzhaltigen Ozeanen gab es unzählige Flüsse und Seen mit den verschiedensten Tieren und Pflanzenarten. Das Land wimmelte ebenfalls von Leben und hatte auch sonst alles, was das Herz begehrte. Riesige Gebirgszüge existierten ebenso wie sanfte Hügellandschaften. Die ausgedehnten Wälder waren so dicht, dass die Sondenkameras Mühe hatten, das Innere zu sichten. Dagegen konnte man über die Ebenen viel weiter blicken, als es auf der Erde möglich war, da kein Gebäude die Sicht störte. Auf *Alpha Centauri 5* gab es nach den bisherigen Erkenntnissen kein intelligentes Leben, es schien nicht einmal in der Entstehung zu sein. Doch noch war das nicht sicher. Vielleicht übersahen die Sonden etwas – und außerdem hatte Intelligenz nicht zwingend etwas mit Technik zu tun, wie viele Wissenschaftler meinten.

Um ganz sicher zu gehen, müssten Menschen auf dem Planeten landen, um ihn gründlicher zu untersuchen. Die Rufe nach einem bemannten Kanalflug wurden immer lauter.

Sibel Kaya war das nur recht. Schließlich hatte sie den Raumkanal zu genau diesem Zweck entwickelt. Deshalb war es ein großer Tag für die junge Türkin, als im französischen Raumfahrtzentrum ein Treffen anberaumt wurde, bei dem das weitere Vorgehen besprochen werden sollte.

Aber Sibel hatte vor, das Meeting abzukürzen. Ihr Plan für die bemannte Mission stand bereits seit Wochen fest, denn er war simpel und effektiv. Natürlich wusste, abgesehen von Irene und Tarek, niemand davon. Deshalb schauten die meisten auch ziemlich überrascht, als Sibel während der hitzigen Diskussion aufstand und mit einem Pfiff für Ruhe sorgte.

»Dürfte ich auch mal was sagen?«, fragte sie energisch und wartete eine Antwort gar nicht erst ab. »Es ist doch ganz einfach. Meine Kollegen und ich«, sie deutete auf Tarek und Irene, »lassen in Deutschland gerade einen zweiten Konverter bauen, der einen eigenen Antrieb besitzt. Den schicken wir durch den Raumkanal nach Alpha Centauri. Sobald er dort ankommt, startet hier ein bemanntes Raumschiff und fliegt hinterher. Ist das Schiff ebenfalls am Ziel, justiert die Mannschaft als Erstes den Konverter für den Rückflug, landet dann auf *Alpha Centauri 5* und fängt schon einmal mit der Erforschung an. Für den Anfang schlage ich zwei Wochen Aufenthalt vor. Wenn alles glatt geht, fliegt das Team dann zurück zur Erde und macht Platz für die Nächsten.«

Am Ende ihrer Rede erntete Sibel nur verblüffte Stille. Keiner traute sich, den Mund aufzumachen, abgesehen von Tarek, der Irene amüsiert zugeblinzelt hatte.

»Die Idee ist schön und gut, Sibel«, sagte er. »Aber hast du nicht eine Kleinigkeit vergessen? Was unternehmen wir wegen der Schwerkraft? Auf dem Planeten ist sie um einiges höher als bei uns. Wie vermeiden wir, dass das Landeteam Schäden davonträgt?«

»Ganz einfach. Das kostet uns gerade mal einen Anruf, falls sie sich nicht stur stellen.« Sibel gab sich betont lässig.

»Und wen willst du anrufen?«, wollte Irene wissen.

Sibel grinste sie an. »Die Westwoods, ist doch klar! Ihre Nanotechnologie wird uns helfen.«

Einer der anwesenden Ingenieure atmete verächtlich aus. »Die taugt doch nichts, das haben wir deutlich gesehen.«

Sibel warf dem Mann einen Blick zu, der überdeutlich zeigte, was sie von seiner Bemerkung hielt.

»Die Technologie wird nur mit den Bedingungen in Hyper 8 nicht fertig, aber ansonsten ist sie sehr gut zu gebrauchen«, erklärte sie. »Marvin Westwoods *Space Spiders* sind enorm anpassungsfähig. Sie wurden schließlich dafür konstruiert, Gravitationskräfte auszugleichen.«

»Ach, wurden sie?«, fragte der Ingenieur verblüfft.

Irene nickte ihm zu. »In der Tat. Und wenn Sie sich die Mühe gemacht hätten, sich darüber zu informieren, anstatt nur darüber zu spotten, dann wüssten Sie das auch.«

Beleidigt schwieg der Mann.

Irene fuhr fort: »Ich denke, Frau Kaya hat Recht. Mit Hilfe der Nanotechnologie müssten wir auf *Alpha Centauri 5* landen können. Aber ich fürchte, dass es da noch ein Problem gibt.« Sie wandte sich Sibel zu. »Wie willst du die Westwoods dazu bringen, uns zu helfen?«

Sibel lächelte. »Ich versuche es mal auf die höfliche Art. Ich werde sie fragen.«

»Nanu? Was geht denn hier ab?« Voller Staunen betrachtete Lee das riesige Chaos im Wohnzimmer seines Bruders.

Marvin, der gerade einen großen Koffer aus seinem Schlafzimmer schleppte, war nicht minder überrascht. »Wo warst du denn? Ich versuche schon den ganzen Tag, dich zu erreichen. Und wie siehst du überhaupt aus?« Erst jetzt war ihm aufgefallen, wie erschöpft Lee wirkte.

»Der neue Stadtgleiter ist etwas für Leute, die Aufregung lieben«, winkte Lee ab. »In 500 Metern Höhe schaltet sich der Antrieb aus und bleibt auch dabei. Die Gleitflugeigenschaften entsprechen denen eines Nilpferdes. Hätte die Bodencrew nicht für einen kilometerlangen Schaumteppich gesorgt ...« Er sprach nicht zu Ende.

»Wieso bist du nicht ausgestiegen? Fallschirm vergessen?«, fragte Marvin unschuldig.

Lee warf ihm einen mörderischen Blick zu. »Es war ein Test unter realen Bedingungen. Die sind riskant, werden aber besser bezahlt. Bei einem solchen Test hat der Pilot nur das zur Verfügung, was auch der spätere Nutzer hat. Und bei Privatgleitern sind Schleudersitze und Fallschirme nicht vorgesehen, zumindest hier nicht. In Europa sieht das anders aus.«

»Was mal wieder beweist, dass uns die Europäer nicht nur in punkto Raumfahrt voraus sind.« Marvin sah sich suchend um.

»Weshalb wolltest du mich eigentlich sprechen?«, fragte Lee.

»Ach ja«, sagte Marvin erfreut, als er seinen Laptop entdeckte. »Du solltest nach Hause fahren und ein paar Sachen packen. Unser Zug geht in einer Stunde.«

»Zug?«, fragte Lee verständnislos.

»Du weißt genau, dass ich das Fliegen hasse, deshalb nehmen wir den *Atlantik Express*.« Ärgerlich verschränkte Marvin die Arme vor der Brust.

Lee tat es ihm nach. »Wieso sollte ich mit dieser Unterwassertunnelschnecke fahren, wenn du mir nicht mal sagst, worum es geht?«

»Unterwassertunnelschnecke?«, prustete Marvin. »Tolles Wort! Aber zur Sache: Tut mir leid, dass ich vergessen habe, es dir zu sagen, aber ich bin total aufgeregt. Ich kann kaum glauben, dass sie unsere Hilfe wollen. Das ist so …« Er begann heftig zu atmen.

Lee fasste ihn bei den Schultern. »Ganz ruhig, Mann! Um was geht's überhaupt?«

»Wir fahren nach Frankreich«, sagte Marvin endlich. »Sibel Kaya hat mich kontaktiert. Sie braucht meine Nanotechnologie und dein fliegerisches Können.«

Nun schlug Lees Herz Purzelbäume. »Was?«

Marvin grinste ihn an. »Na, irgendwer muss doch das Raumschiff durch Hyper 8 fliegen.«

Am Abend standen Sibel Kaya und Irene Brecht auf dem Gelände des französischen Raumfahrtzentrums und schauten in den Sternenhimmel.

»Und er war sofort einverstanden?«, fragte Irene.

»Ja, ich war auch ziemlich erstaunt.« Sibel strich sich eine Haarsträhne aus dem Gesicht. »Es klang so, als würde er sich richtig freuen. Na ja, sein Bruder wird das wieder ausgleichen, da bin ich sicher.« Sie sah auf ihre Uhr. »Lass uns reingehen! Sie müssten bald da sein.«

Eine halbe Stunde später war es dann so weit. Die »ewigen« Konkurrenten Sibel Kaya und Marvin Westwood trafen aufeinander.

Ein wenig unsicher gaben sie sich die Hand. Lee, der mit Tarek und Irene dabei stand, fühlte sich, als wäre er gegen eine Wand gelaufen. Die Kleine war ja richtig süß! Sie reichte ihm zwar nicht einmal bis zur Schulter, aber das war nebensächlich. Die kastanienbraunen Haare leuchteten mit den goldbraunen Augen um die Wette. Der weit fallende Overall konnte ihre wohlgeformte Figur nicht verbergen. Diese Frau konnte einen Heiligen verführen.

Lee bemühte sich, möglichst ruhig zu atmen. Es musste ja nicht jeder merken, dass seine Gedanken gerade weit über das Jugendfreie hinausgingen.

»Und das ist mein Bruder Lee«, wurde er in diesem Moment von Marvin vorgestellt.

»Hallo!«, sagte Sibel und reichte ihm ebenfalls die Hand, die er zögernd annahm. Jetzt hielt die junge Türkin den Atem an, was aber niemandem auffiel. Sie musterten sich von oben bis unten, wobei Sibel naturgemäß länger brauchte, denn Lee überragte sie um fast einen halben Meter. Wenn der so fliegt, wie er aussieht, muss ich mir keine Sorgen machen, dachte sie und versuchte seine Hand loszulassen, was jedoch daran scheiterte, dass er stur festhielt.

»Äh, ich brauche meinen Arm noch«, sagte Sibel.

Sofort ließ Lee locker, als hätte er einen Stromschlag erhalten. »Sorry!«, murmelte er.

»So!« Irene klatschte in die Hände. »Wollen wir uns gleich an die Arbeit machen oder wollt ihr euch erst einmal ausruhen?«

»Ausruhen«, sagte Lee, auch wenn er sich durchaus bewusst war, dass Marvin es kaum erwarten konnte.

Der machte auch schon den Mund auf, um zu protestieren, doch dann besann er sich. Lee hatte einen harten Tag gehabt und war mit Sicherheit erschöpft. Vielleicht war es wirklich besser, erst am nächsten Morgen zu beginnen? Also nickte Marvin zustimmend. »Einverstanden. Zeigt uns bitte unsere Unterkunft.«

Etwas später packten beide ihre Koffer aus.

»Ich komme mir vor, als wären wir wieder Kinder«, sagte Lee grinsend. »Wie alt waren wir, als wir zuletzt ein gemeinsames Zimmer hatten?«

»Zehn.« Marvin legte ein paar Oberhemden in den Schrank. »Aber wenn ich mir überlege, was du für ein Gesicht gemacht

53

hast, als du die Kaya gesehen hast, kann ich mir kaum vorstellen, dass du dich wie ein kleiner Junge fühlst.«

»He, was kann ich dafür, dass sie in echt noch viel besser aussieht als auf dem Bildschirm?«, sagte Lee beleidigt, trotzdem wurde er sein albernes Grinsen nicht los.

Marvin zog die Augenbrauen hoch. »Wir sind hier, um zu arbeiten. Denk daran! Für Sandkastenspiele haben wir keine Zeit.«

»Schon gut, schon gut.« Lee warf seine letzten Kleidungsstücke in den Schrank. »Aber du musst zugeben, die Kleine hat was.«

»Ja, vor allem mehr Verstand als du.« Marvin setzte sich auf sein Bett und aktivierte den Laptop.

Kapitel 4

Am nächsten Morgen waren beide Brüder voller Tatendrang, obwohl Lees Gesicht automatisch eineiste, als sie zunächst ein großes Labor betraten. Er ahnte bereits, dass vor ihm ein langweiliger Tag lag – und behielt Recht.

Marvin dagegen war in seinem Element. Schon nach wenigen Minuten fachsimpelte er mit Sibel, Irene und Tarek über die Nanotechnologie und war ein wenig überrascht, wie gut die drei darüber informiert waren. Er erkannte auch sofort, was sie von ihm wollten, was ihn noch mehr begeisterte.

»Sicher, das könnte klappen«, sagte er zuversichtlich. »Die *Space Spiders* sind in der Lage, sich den Bedingungen auf *Alpha Centauri 5* anzupassen. Aber wie sie Landegruppen schützen sollen, ist mir nicht klar.«

»Tarek hat da eine gute Idee, das heißt, eigentlich zwei«, sagte Sibel.

Der deutsche Wissenschaftler nickte. »Mir schwebt Folgendes vor: Um der Schwerkraft des Planeten zu trotzen, müsste das Forschungsteam die *Space Spiders* direkt am Körper tragen. Ich dachte da an eine Art Anzug, nennen wir ihn *Nanosuit*. Dadurch wird gewährleistet, dass die Personen, die ihn tragen, gewissermaßen ständig irdischen Bedingungen ausgesetzt sind.«

»Nicht schlecht, aber so ein Anzug hat ein ziemliches Gewicht und ein bisschen sperrig dürfte er auch sein, so ähnlich wie ein herkömmlicher Raumanzug«, überlegte Marvin.

Tarek nickte ihm zu. »Das habe ich mir schon gedacht, deshalb habe ich mir überlegt, die Nanotechnologie auch in Raumschiffen einzusetzen. Wenn man sie als Ergänzung zu den Schiffssystemen nutzt, könnten sie auch dort die Schwerkraft anpassen. Dann bräuchte man nicht mehr diese riesigen Energieverschwender, die in den Raumstationen eingesetzt werden.«

»Und in den kleinen Raumschiffen hätte die Schwerelosigkeit endlich ein Ende«, lächelte Irene.

Marvin war zunächst völlig verblüfft, aber dann strahlte er. »Mann, das ist ja großartig! Wieso bin ich da nicht selber drauf gekommen? Lee! Hast du das mitgekriegt?«

Lee, der im Halbschlaf an der Wand gelehnt hatte, schreckte auf. »Gibt's hier eigentlich kein Bier?«, fragte er völlig aus dem Zusammenhang gerissen.

Marvin stöhnte auf, während Sibel, Irene und Tarek lachten.

»Natürlich gibt es das«, sagte Tarek und ging in einen kleinen Nebenraum. »Du hast es schließlich mit Deutschen zu tun. Pils, Export, Weizen, Starkbier oder Alkoholfreies?«

»Starkbier. Danke«, sagte Lee erleichtert. Er nahm Tarek die Flasche ab, öffnete sie an der nächsten Tischkante und nahm einen großen Schluck. Dann wandte er sich an seinen Bruder. »Wolltest du was?«

Marvin unterdrückte eine ganze Reihe von Flüchen. »Nein, trink dein Bier und sei still!« Er zog entschuldigend die Schultern hoch. »Wo waren wir gerade?«

»Warte!«, winkte Sibel ab. »Wieso teilen wir uns nicht in zwei Gruppen auf? Du kümmerst dich mit Irene um die *Nanosuits* und Tarek und ich zeigen deinem Bruder unser derzeitiges Lieblingsspielzeug.«

Tarek war sofort Feuer und Flamme. »Perfekt! Genau so machen wir es.« Er klopfte Lee freundschaftlich auf die Schulter. »Komm mit! Das wird dir gefallen.«

Lee schaute zwar ein wenig zweifelnd, dennoch stellte er sein Bier ab und folgte Tarek zur Tür hinaus.

Sibel lächelte Irene und Marvin zu. »Gutes Gelingen!« Sie ging ebenfalls.

Verständnislos sah Marvin ihr nach. »Was ist denn das für ein Spielzeug?«, wollte er wissen, doch Irene lächelte nur.

»Bitte sehr! Unser Lieblingsspielzeug!«, verkündete Tarek, als er zusammen mit Sibel und Lee eine riesige Halle betrat.

Der Amerikaner riss die Augen auf. »Nein!«, rief er aus.

»Doch!« Sibel bereitete es offenbar großes Vergnügen, ihn so verblüfft zu sehen.

»Was für eine Schönheit!« Ehrfürchtig trat Lee näher. Vor ihm stand ein Raumschiff – aber nicht irgendeines. Lee war sofort klar, dass es sich um das Schiff handelte, welches den Hyper-8-Flug machen sollte.

Groß war es nicht, höchstens für drei oder vier Personen geeignet, doch das war nicht so wichtig. Es kam nur darauf an, ob es den Flug machen konnte, und danach sah es in jedem Fall aus. Es hatte die Form eines Lenkdrachens, wirkte deshalb enorm wendig und war von mattschwarzer Farbe.

Lee war jetzt so nahe dran, dass er das Schiff berühren konnte. »Seltsames Material …«, sagte er leise.

»Eigentlich nicht.« Sibel sah zu ihm hoch. »Wir haben verschiedene Metall-Legierungen mit Keramik vermischt. Herausgekommen ist eine temperatur- und bruchfeste Hülle für das wertvolle Innere unseres Schmuckstücks.«

»Ist es schon flugtauglich?«, wollte Lee wissen. Seine Augen glänzten. Eine fiebrige Erregung hatte ihn erfasst. Am liebsten hätte er alles stehen und liegen lassen, um sofort einen Testflug zu machen.

Tarek holte ihn auf den Boden der Tatsachen zurück. »Leider sind wir noch nicht fertig. Drinnen sieht es noch ziemlich leer aus. Wir beginnen erst in zwei Wochen mit dem Einbau der technischen Geräte.«

»Wieso denn das?«, fragte Lee sichtlich verstimmt.

Diesmal antwortete Sibel: »Weil es sich um Spezialanfertigungen handelt. Eigentlich ist es ein Wunder, dass die Hülle schon steht. Wir haben die Genehmigung für den Bau nämlich erst dann erhalten, als feststand, dass der Raumkanal funktioniert.

Die Pläne existieren schon seit zwei Jahren. Tarek hat damit angefangen, nachdem ich ihm von meinem Vorhaben erzählt hatte. Er war damals wohl zuversichtlicher als ich, dass es klappen würde.«

»Guter Mann!« Lee schlug Tarek auf die Schulter, dass dieser fast zusammenbrach. Dann ging er ein Mal um das Raumschiff herum. »Und wann seid ihr fertig?«

»Das kommt darauf an, wie schnell dein Bruder das mit den *Space Spiders* hinkriegt«, sagte Tarek. »Wenn alles glatt geht, in sechs bis acht Monaten.«

Lee schüttelte den Kopf. »Mach' ein Jahr draus! Selbst wenn das Schiff steht, gibt's noch viel zu tun. Wir brauchen ein gutes Dutzend Testflüge, bis alles sicher ist. Außerdem sollten wir für ein paar Modifikationen sorgen, für den Fall, dass etwas kaputt geht. Ich hab da ein paar Vorschläge.«

Gespannt sahen Sibel und Tarek ihn an. »Na, dann erzähl mal!«, verlangte die Türkin. »Deshalb haben wir dich ja hergebracht. Wie soll dein Schiff sein?«

»Mein Schiff?« Lee glaubte, nicht richtig zu hören.

»Natürlich dein Schiff«, sagte Tarek lachend. »Oder willst du etwa nicht der Pilot sein? Das würde Sibel aber sehr enttäusche. Habe ich Recht?«

Sibel nickte. »Richtig. Ich will den besten Piloten an meiner Seite. Einen, der weiß, was er tut. Ich habe nämlich keine Ahnung vom Fliegen. Ich kann gerade mal einen Gleiter unfallfrei durch den Verkehr bewegen, das ist alles.«

»Wie? Du kommst mit?«, fragte Lee noch erstaunter.

Wieder nickte Sibel. »Ich muss mit. Wir schicken doch einen zweiten Konverter durch den Kanal, für den Rückflug. Der muss aber noch richtig eingestellt werden, sobald wir da sind. Das ist ziemlich kompliziert. Außer mir, Tarek und Irene kann das bis jetzt keiner. Na ja, die beiden haben mir gesagt, dass …« Sie unterbrach sich.

»… wir schon zu alt für solche Späße sind«, vollendete Tarek gelassen. »Außerdem war es Sibel, die den ersten Konverter eingestellt hat. Sie kam gut mit der Arbeit im All zurecht, obwohl der Raumanzug zu groß war.«

Für einen Moment wollte Lee lachen, weil er es nicht glauben konnte, doch dann sah er Sibel direkt in die Augen und er überlegte es sich anders. Er hatte diese Frau schon zu oft unterschätzt und jedes Mal hatte sie ihn eines Besseren belehrt – und das sogar, als sie sich noch gar nicht kannten. Dazu kam, dass ihm der Gedanke, mit Sibel in einem Raumschiff zu sitzen, ausgesprochen gut gefiel. Wer konnte schon sagen, was sich sonst noch dabei ergab?

»Ich denke, das geht in Ordnung. Unter einer Bedingung …« Er sah Sibel sehr ernst an. »Du machst die Testflüge mit, und zwar alle. Ich will, dass du richtig reagierst, falls ich ausfallen sollte.«

Sibel nickte ernsthaft. »Kein Problem, wenn du dich im Gegenzug mit der Konverterjustierung vertraut machst. Es könnte ja auch sein, dass ich ausfalle.«

»Einverstanden!«, sagte Lee. »Dann würde ich sagen, ist das ab jetzt *unser* Schiff.«

Sibel strahlte.

Lee behielt Recht. Zwar war das Raumschiff nach acht Monaten fertig zusammengebaut, einschließlich aller Modifikationen und Nanotechnologie, aber da es sich um einen vollkommen eigenständigen Typ handelte, brauchten sie für die zahlreichen Testflüge noch einmal fast vier Monate. Zudem musste sich das ganze Team mit einigen wichtigen und vielen unwichtigen Personen herumschlagen. Anscheinend gefiel so manchem die Zusammenarbeit zwischen den Westwoods und der europäischen Crew nicht. Die amerikanischen Brüder mussten sich oft den Vorwurf, sie würden ihr Land verraten, anhören.

Sibel, Irene und Tarek wurden mit den Beschwerden der *Europäischen Pilotenvereinigung*, kurz: EPV, konfrontiert, weil sie mit Lee einen Amerikaner für den Jungfernflug durch den Kanal einsetzen wollten. So war es nicht verwunderlich, dass Sibel bei einer Pressekonferenz vier Wochen vor dem geplanten Start der Geduldsfaden riss.

»So langsam wird es echt lächerlich!«, sagte sie wütend zu einem Vertreter der EPV, der sie mehrfach zu provozieren versucht hatte. Offenbar war es ihm endlich gelungen. »Ich selbst habe Methis gebeten, mir eine Liste der weltbesten Piloten zu erstellen, und zwar aus allen Bereichen. Lee Westwood war immer auf dem ersten Platz, also war es doch logisch, dass wir ihn ausgewählt haben. Mit seinem Bruder hatte das gar nichts zu tun. Marvin hätten wir uns sowieso ins Team geholt. Vielleicht sollten die Piloten aus Europa mal anfangen, ihre Fähigkeiten zu verbessern, anstatt die Beleidigten zu spielen? Auf den besagten Listen steht der erste Europäer, übrigens ein Pole, nämlich an dreizehnter Stelle. Die sechs ersten Plätze werden ausnahmslos von Amerikanern besetzt, dann kommt ein Chinese. Und da für mich nur die ersten fünf Plätze relevant waren, wäre es sowieso ein Amerikaner gewesen, der den Jungfernflug macht. Warum dann nicht den Besten nehmen? Wenn ihr glaubt, ich bringe die Mission und mich in Gefahr, indem ich mich mit dem Mittelmaß zufrieden gebe, dann habt ihr euch getäuscht! Und was das Gequatsche von wegen Nationalstolz betrifft ...«, wandte sie sich an die amerikanischen Vertreter. »Täusche ich mich oder seid es nicht ihr gewesen, die die Westwoods nach ihrem Fehlschlag in der Luft zerrissen haben? Niemand wollte mehr etwas mit diesen ich zitiere *arroganten und dilettantischen Stümpern* zu tun haben. Sogar die Vorzüge der Nanotechnologie wurden geflissentlich ignoriert – und zwar von der gesamten wissenschaftlichen Welt. Da ist es doch kein Wunder, wenn die Brüder lieber mit Menschen zusammenarbeiten wollen, die ihre Arbeit als das anerkennen, was sie ist: nämlich ein geniales Stück Technologie und ein Fortschritt, der die Raumfahrt revolutionieren wird.« Sie machte eine Pause und atmete tief durch. »Außerdem sollten wir zumindest im wissenschaftlichen Bereich mal mit diesem übertriebenen Nationalstolz aufhören. Denn schließlich laufen wir auf zwei Beinen, viele von uns können sprechen und ein paar sogar denken. Kurz gesagt: Wir sind alles Menschen. Wir sind bereit, zu den Sternen zu reisen, aber das schaffen wir nur, wenn wir zusammenarbeiten. Unsere nächsten Schritte werden nämlich riesig sein. *Alpha Centauri 5* muss komplett erforscht werden. Wir müssen uns überlegen, ob wir einen zweiten Raumkanal errichten wollen und wohin der gehen soll? Was machen wir aus den gewonnenen Erkenntnissen? Hat da schon mal einer drüber nachgedacht? Wenn nicht, sollten wir schnell damit anfangen. Denn was nützen uns Berge von Daten, wenn uns Hochmut und das sich Einigeln in die eigenen Grenzen davon abhalten, den nächsten Schritt zu tun? Ich bin jedenfalls viel zu neugierig, um mich von der Engstirnigkeit anderer abhalten zu lassen. Also, wenn ihr noch immer Probleme damit habt, wer an dieser Mission beteiligt ist und wer nicht, dann ist das eben so. Erzählt meinetwegen, was ihr wollt, aber lasst mich und mein Team in Ruhe!«

Sie hatte sich so in Rage geredet, dass ihr erst jetzt auffiel, wie still es im Saal geworden war. Verlegen starrte sie auf ihre Notizen, von denen sie keinen Gebrauch gemacht hatte.

Plötzlich klatschte neben ihr jemand in die Hände. Sie sah auf, blickte direkt in Lees hellbraune Augen und wurde, sofern dies überhaupt möglich war, noch verlegener.

»Sehr gut!«, befand Marvin, der ebenfalls zu klatschen begann.

Auch Tarek und Irene schlossen sich an.

Sibel spürte, wie die Röte in ihr Gesicht schoss. Sie griff nach dem Wasserglas, das vor ihr stand. Sie trank hastig und störte sich nicht daran, dass offensichtlich nicht alle ihrer Meinung waren. Ärgerliches Gemurmel hatte sich erhoben und einige Personen verließen demonstrativ den Saal. Viele andere blieben jedoch und schenkten ihr bewundernde Blicke.

Schließlich stand einer der Reporter auf. »Und wie geht es jetzt weiter?«, fragte er schlicht.

Damit waren sie endlich beim Thema und Sibel konnte erklären, wie ihre Mission ablaufen sollte.

»Nein, nein, nein! Du darfst den Steuerknüppel nicht so herumreißen! Wie oft muss ich dir das noch sagen?« Schweißgebadet brachte Lee das Raumschiff wieder in seine normale Fluglage.

Sibel schluckte ein paar Mal, um den Brechreiz zu unterdrücken, der sie gerade heimsuchte. »Ich wette mit dir, dass ich eher damit zurechtkomme als du mit der Konverterjustierung«, sagte sie dann.

»Die Wette gilt! Du bist die schlechteste Pilotin, die ich kenne.«

»Was glaubst du, weshalb ich Astro-Ingenieurin geworden bin?«

»Um jemanden wie mich in den Wahnsinn zu treiben«, sagte Lee trocken. »Also, noch mal von vorn! Ich gehe in den Sturzflug und du versuchst, die Maschine abzufangen.«

Eine Stunde später stiegen beide erschöpft und verschwitzt aus dem Raumschiff.

»Und? Wie ist es gelaufen?«, wurden sie von Tarek empfangen, der auf dem Startplatz auf sie gewartet hatte.

»Ich werde wohl noch eine zusätzliche Lebensversicherung abschließen«, sagte Lee.

Sibel zog eine Grimasse. »Hör auf damit, ich bin schon viel besser geworden!«

»Ja, wenn man bedenkt, dass du unter Null angefangen hast«, sagte Lee.

»Na, so schlimm kann es ja nicht gewesen sein, wenn ihr schon wieder streiten könnt«, grinste Tarek, während er Sibels Helm entgegennahm. »Ihr solltet euch frisch machen und ins Labor kommen. Wir haben Besuch.«

»Wer ist es denn diesmal?«, fragte Lee. »Ich hoffe, nicht schon wieder so ein nerviger Reporter! Seit du vor zwei Wochen deine hübsche kleine Rede gehalten hast, geben die keine Ruhe mehr.« Er sah Sibel teils stolz, teils ironisch an.

Sie winkte ab. »Halb so schlimm. Wenn alles glatt geht, sind wir bald verschwunden und die können andere von der Arbeit abhalten.«

»Zum Beispiel Irene, Marvin und mich«, sagte Tarek. »Aber macht euch keine Gedanken, diesmal ist es kein Reporter.«

»Wer sonst?«, wollte Sibel wissen.

»Das werdet ihr dann schon sehen«, lächelte Tarek.

Kurz darauf betraten Sibel und Lee frisch geduscht und in neuer Kleidung das Labor, in dem sie sonst mit ihren drei Kollegen arbeiteten. Im Augenblick saßen Marvin, Irene und Tarek jedoch nicht an ihren Plätzen. Sie hockten an dem kleinen Tisch, an dem sie üblicherweise Pause machten, und unterhielten sich angeregt mit einem alten Mann von gut 80 oder 90 Jahren.

Sibel und Lee trauten ihren Augen nicht. »Terence Rutherford!«, riefen sie gleichzeitig.

Der Erfinder des K.I.-Mikrochips drehte sich zu ihnen um. »Na, da sind ja unsere Stars!« Er musterte sie aus scharfen grauen Augen. »Und? Ist schon alles vorbereitet?«

»Fast«, antwortete Lee. »Wenn Sibel das Schiff nicht noch vor dem Start schrottet, kann's in zwölf Tagen losgehen.«

»Ich mache mir weniger Sorgen um den Start als um den Rückflug. Wenn Lee die Konverterjustierung nicht bald beherrscht, landen wir am Ende beim Deneb oder so«, sagte Sibel.

Rutherford musste lachen. »Wie ich merke, zankt ihr euch schon wie ein altes Ehepaar. Dann kann ja nichts mehr schief gehen.«

Beide wurden rot und zogen es vor, darauf nicht zu antworten.

»Wie kommt es eigentlich, dass Sie hier sind?«, fragte Sibel stattdessen.

»Ich wollte mal sehen, wie es bei euch so läuft. Irene hat sich bei mir gemeldet und um Hilfe gebeten. Sie sagte, dass die Medien so penetrant sind, dass sie die Arbeit stören«, sagte Rutherford und hielt Marvin seine leere Kaffeetasse hin. Grinsend schenkte der nach. »Ich könnte eine wenig für Ablenkung sorgen. Mit Reportern kenne ich mich aus.«

Erstaunt sah Lee Irene an. »Ihr kennt euch?«

Sie nickte. »Terence hat während meiner Studienzeit einige Gastvorträge an der Universität gehalten. Später schlief der Kontakt zwar ein, aber er hat sich nach der *Dark Space I*-Mission wieder bei mir gemeldet. Ich glaube, dass Methis dahinter gesteckt hat.«

»Die Annahme ist korrekt, Professor Brecht.« Unvermittelt schaltete sich Methis in das Gespräch ein. »Terence hat die Mission damals mit großem Interesse verfolgt.«

»Genauso wie der Rest der Welt«, sagte Rutherford gut gelaunt. »Allerdings hat nicht jeder so gute Beziehungen. Ich hatte Irene damals schon meine Hilfe angeboten und bin eine bisschen enttäuscht, dass es so lange gedauert hat. Und was euch beide betrifft …« Er warf erst Marvin und dann Lee einen strengen Blick zu. »Hat euch noch niemand gesagt, dass es selten etwas bringt, wenn man mit dem Kopf durch die Wand will?«

»Doch, unser Vater«, sagte Lee.

»Und das jeden Tag«, fügte Marvin hinzu. »Aber er hat auch gesagt, dass jeder seine eigenen Fehler machen müsse, weil er …«

»… nur so lernt, Verantwortung zu übernehmen.«

Rutherford zog überrascht die Augenbrauen hoch. »Viel zu kluger Vater«, sagte er dann. »Kein Wunder, dass ihr alles allein machen wolltet. Aber ihr hättet Methis fragen sollen. Die hätte euch gleich sagen können, dass euer Plan schief geht.«

Die beiden Brüder seufzten unisono. »Ja, jetzt wissen wir das auch.«

Von diesem Tag an liefen die Vorbereitungen wie am Schnürchen. Das Team hatte die nötige Ruhe, um noch letzte Verbesserungen vorzunehmen. Kein Reporter störte sie, denn Terence Rutherford fing alle weit vorher ab und sorgte dafür, dass sie von Sibel und den anderen nicht einmal die Schatten zu sehen bekamen.

Und dann war es endlich so weit. Am 23. November des Jahres 2382 nach Christus sollte die Mission beginnen.

Eine halbe Stunde vor dem Start saßen Sibel und Lee im Cockpit der *Chanel 1*, wie sie das kleine Schiff getauft hatten, und überprüften ein letztes Mal die Systeme. Zeitgleich fand auch der Check-up im Kontrollzentrum statt.

Angespannt saßen Marvin, Tarek und Irene vor ihren Pulten. Terence Rutherford stand dahinter und sah ihnen zu.

»Gib mir mal den Status der *Space Spiders*, Methis!«, verlangte Marvin.

Der Supercomputer tat, wie ihm geheißen, und sofort erschien eine Unzahl an Symbolen auf dem Bildschirm.

Marvin las sie einige Augenblicke konzentriert und atmete dann erleichtert auf. »Alles im grünen Bereich«, sagte er.

Auch Irene und Tarek waren mit den restlichen Daten zufrieden.

»Von uns aus kann es losgehen«, sagte Tarek zu dem Flight Director.

Der war noch nicht ganz zufrieden. »Methis, was sagst du dazu?«

»Alle Systeme auf Go«, war die schlichte Antwort, so dass der Mann Kontakt mit dem Raumschiff aufnahm:

»*Chanel 1*, wir sind startklar. Wie ist es bei euch?«

Lees Reaktion war unmissverständlich. »Wird auch Zeit! Wir dachten schon, ihr seid eingeschlafen. Legen wir jetzt los, oder was?«

Im Kontrollzentrum grinsten alle und lachten dann laut los, als sie Sibels Stimme hörten: »Du solltest mal lernen, die Uhr zu lesen, Lee. Wir müssen noch zehn Minuten warten. Der Zeitplan ist ja schließlich nicht zur Zierde da.«

»Im Ernst? Und dabei wollte ich ihn mir rahmen lassen und in meine Wohnung hängen«, sagte Lee spöttisch.

»Wahrscheinlich neben deine selbst gemalten Strichmännchenbilder.« So schnell gab Sibel nicht auf.

Der Flight Director unterdrückte einen Seufzer. »Hört sich an, als hätten die beiden alles unter Kontrolle.«

»Ja, bis auf die Art, wie sie miteinander umgehen«, sagte Marvin lächelnd.

Terence Rutherford sah ihn mitfühlend an. »Wie soll das bloß erst werden, wenn die zwei heiraten?«

Sofort herrschte Stille in der Funkleitung. Trotz ihres fortdauernden Geplänkels hatten Sibel und Lee den letzten Satz mitbekommen.

Die junge Türkin fasste sich als Erste. »Wenn ich überhaupt mal heirate, dann muss es jemand mit Verstand sein.«

»Komisch, das wollte ich auch gerade sagen«, reagierte Lee prompt.

Sibel lachte auf. »Ist bei dir auch dringend notwendig. Irgendwer muss dir ja die Speisekarte im Restaurant vorlesen können.«

»Und bei dir muss jemand mit einem Heizstab daneben stehen, damit deine Persönlichkeit nicht die Umgebung einfriert.«

»Fertigmachen zum Start!«, ging der Flight Director dazwischen. Eigentlich war es dafür noch ein paar Minuten zu früh, doch ihm fiel nichts anderes ein, um die beiden still zu kriegen.

Es funktionierte. Sibel und Lee schwiegen augenblicklich.

»Noch drei Minuten bis zum Start«, meldete Methis.

Kapitel 5

Mann, das ist zu blöd, dass der Funkkontakt abgerissen ist!«
Ungeduldig trommelte Lee Westwood auf der Armlehne
seines Sitzes herum.

Seit vier Tagen flogen er und Sibel Kaya durch den Raumkanal und alles lief nach Plan. Zumindest war das Sibels
Meinung …

Sie hatte Lee mehrfach erklärt, dass es weder ihr noch Marvin
gelungen war, für eine stabile Funkstrecke zu sorgen. Innerhalb
des Raumkanals war nur eine Bildübertragung möglich. Ob das
am Kanal oder an Hyper 8 lag, hatten sie nicht herausfinden
können.

»Sehen können sie uns noch«, sagte Sibel daher lächelnd.

»Ich weiß!«, fuhr Lee auf. »Warum sagst du mir das dau-
ernd?«

Sibel hob die Schultern. »Nur für den Fall, dass du mich
erwürgen willst.«

»Bring mich nicht auf Ideen!« Lee stand auf und ging zu seiner
Schlafkoje, obwohl ihm schon jetzt klar war, dass er keinen
Schlaf finden würde. Seine Nerven waren zum Zerreißen gespannt. Dieser Flug lief einfach zu gut ab. Vom Start weg hatte
es keine Komplikationen gegeben, was ihn eigentlich hätte
freuen müssen, doch der Testpilot in ihm warnte ihn davor,
unvorsichtig zu sein. Dazu kam, dass es an Bord nicht viel zu
tun gab. Seit sie im Raumkanal flogen, wurde das Schiff vom
Autopiloten gelenkt. Das war zwar nicht notwendig, aber Lee
beließ es dabei. Der Kanal gab den Kurs vor, was zusätzliche
Manöver unnötig machte. Am Steuer wäre Lee sicherlich langweilig geworden, obwohl es ihm schon jetzt so ging. Wenn er
wenigstens die Sichtscheibe öffnen könnte! Lee hätte zu gerne
gewusst, wie es im Inneren des Kanals aussah, doch auch das

war nicht möglich. Marvin, der seinen Bruder zu gut kannte, hatte extra eine Sicherung einbauen lassen, die dafür sorgte, dass der Sichtschirm innerhalb des Kanals geschlossen blieb.

Sibel fand sich mit der Situation viel besser ab.

Diese Frau wurde ihm langsam unheimlich. Sie hatte wesentlich weniger Erfahrung im Weltraum als er und dennoch blieb sie stets ruhig und gelassen, was schon an ein Wunder grenzte, denn Lee konnte seine schlechte Laune ja nur an ihr auslassen. Doch Sibel war durch nichts aus der Ruhe zu bringen. Routiniert erledigte sie ihre Arbeiten, vom Sicherheitscheck, der alle zwölf Stunden fällig wurde, bis hin zu den alltäglichen Aufgaben. Lee hatte sie genau beobachtet, etwas anderes gab es ohnehin nicht zu tun. Sibel tat im Prinzip jeden »Tag« das Gleiche, genau wie Lee auch, aber sie schien sich nicht dabei zu langweilen. Und sie hatte den Ablauf so gestaltet, dass sie Lee unmöglich stören konnte – und genau das störte ihn. Sie war zu ruhig, zu angepasst, zu PERFEKT! Das war es, was Lee zu schaffen machte. Sibel Kaya war praktisch fehlerlos und das machte sie unerreichbar für ihn. Da konnte Terence Rutherford noch so oft seine Heiratsscherze machen, es würde nie dazu kommen. Sibel hatte Lee sehr deutlich gezeigt, was sie von ihm hielt, nämlich nichts – und das war noch geschmeichelt.

Solchen Gedanken hing er nach, in seiner Koje liegend, die Arme hinter dem Kopf verschränkt, als Sibel ihn rief: »Lee! Kommst du bitte mal nach vorne?«

Er gehorchte sofort, denn ihr Ruf war ungewöhnlich. Das hatte es die ganze Zeit nicht gegeben.

»Was ist los?«, fragte er, als er sich neben ihr im Pilotensitz niederließ.

Sie lächelte ihn an. »Wir haben es fast geschafft. In fünf Minuten verlassen wir den Kanal. Ich dachte mir, das würde dich interessieren.«

»Darauf kannst du wetten«, sagte Lee und atmete erleichtert auf. »Ich dachte schon, dieser Flug nimmt nie ein Ende.«

»Wem sagst du das? Ich hätte nie gedacht, dass knapp fünf Tage so lang sein können.«

Erstaunt wandte Lee sich um, als erwartete er, jemand anderen als Sibel zu sehen. »Was? Du auch?«, fragte er ungläubig.

Sie lachte. »Ja, ich auch. Ich bin zwar Routinearbeiten gewöhnt und eine gewisse Geduld muss ich in meinem Beruf auch haben, aber alles hat seine Grenzen. Und der Flug war ganz eindeutig so eine Grenze.«

»Bei mir ist das anders«, sagte Lee, während er den Autopiloten deaktivierte und selbst das Steuer übernahm. »Als Testpilot erlebst du jeden Tag etwas anderes. Schön, die Abläufe ähneln sich, aber weil ständig etwas Unvorhergesehenes passieren kann, wird es nie langweilig. Und man darf es auch nicht zu leicht nehmen, weil schon der kleinste Fehler zu einer Katastrophe führen kann. Im leichtesten Fall produziert man einen enormen Sachschaden, im schlimmsten Fall ist man tot.«

»Das sind ja reizende Berufsaussichten«, sagte Sibel.

»Mir gefällt's. Wir sind übrigens gleich draußen.«

Sofort war Sibel bei der Sache. »Ob es beim Rausfliegen auch so einen Ruck gibt wie beim Reinfliegen?«

»Wir werden es gleich wissen.« Lee sah gespannt auf die Instrumente. »Achtung! Wir sind draußen.«

Der Ruck blieb aus. Verunsichert sahen sich Sibel und Lee an.

»Haben wir es wirklich geschafft?«, fragte Sibel vorsichtig.

»Sehen wir doch mal nach.« Lee aktivierte den Sichtschirm, der sich ohne Probleme öffnete.

Vor den Augen der beiden tat sich eine fantastische, jedoch völlig unbekannte Welt auf. Sie konnten es kaum glauben. In weiter Ferne strahlten die zwei Hauptsterne des Alpha Centauri Systems, die ihnen so vertrauten Positionen der anderen Sterne stimmten nicht mehr und in der Nähe schwebte ein metallisch glänzendes Objekt.

»Da ist der Konverter!«, sagte Lee.

Sibel war schon bei der Arbeit. »Ich überprüfe die Systeme.«

Mehrere Stunden danach wurde Lee richtig nervös. Die *Chanel 1* hatte sich dem Kanalkonverter genähert und der Amerikaner sollte ihn justieren. Zu diesem Zweck hatte er seinen eigens für ihn geschaffenen Nanosuit angezogen. Sibel besaß auch einen, den sie jedoch noch nicht brauchte. Sie würde an Bord bleiben, während Lee ausstieg. Im Augenblick überprüften sie zusammen die Systeme des Anzugs.

»Check!«, sagte Lee jedes Mal, wenn Sibel eine Funktion abfragte.

Als sich dann auch das letzte System, die *Space Spiders*, als funktionstüchtig erweis, strahlte Sibel. »Perfekt, du kannst loslegen!«

Lee atmete tief durch. »Okay, ich bin unterwegs.« Er bewegte sich langsam zum Heck des kleinen Raumschiffs.

»Luke geschlossen. Sauerstoff auf Null. Ich öffne die Schleuse«, sagte Sibel kurz darauf. Dann sah sie durch die Sichtscheibe, wie Lee am Schiff vorbeischwebte und auf den Konverter zusteuerte.

Er beherrschte den Flug mit dem Jetpack perfekt, deshalb hatten sie beschlossen, dass er die notwendigen Einstellungen am Konverter vornehmen sollte.

Sibel erinnerte sich lächelnd an die unzähligen Trainingseinheiten im All. Sie hatte Lee fast in den Wahnsinn getrieben, weil sie einfach nicht mit dem Jetpack fertig wurde. Im Gegenzug hatte Lee die Justierung des Konverters im Simulator an die dreißig Mal vermasselt, bis es endlich klappte. Doch mittlerweile war er sehr gut darin, zumindest so lange keine Probleme auftauchten. Lee hatte das System zwar grundsätzlich verstanden, aber improvisieren konnte er nicht. Sibel konnte nur hoffen, dass alles gut ging.

Unwillig schüttelte sie den Kopf. Es hatte bisher keine Schwierigkeiten gegeben, wieso sollte sich das ausgerechnet jetzt ändern?

»Ich bin in Position«, meldete sich Lee in diesem Moment.

»Gut.« Sibel sah auf das Computerdisplay. »Die Verbindung steht. Ich berechne den Kurs.«

Sie schwieg für eine Weile.

»Alles klar! Du müsstest das Ergebnis jetzt sehen können.«

»Check!«, sagte Lee.

Wieder gab es eine Pause.

»Daten eingegeben«, meldete er dann. »Kanal aktiviert. Kann ich zurückkommen?«

»Einen Moment noch!« Sibel überprüfte noch einmal alles. »Sehr gut, der Kanal läuft parallel zum ersten und ist stabil, aber es gibt da noch eine Kleinigkeit. Die Position des Konverters gefällt mir nicht so gut. Wenn er seine Umlaufbahn beibehält, könnte er in die Gravitation von Stern B geraten und verglühen. Schau doch mal nach, ob die Ausgleichsautomatik funktioniert!«

»Okay!«

Einige Zeit hörte Sibel gar nichts, bis … »Die Automatik läuft einwandfrei. Wenn ich die Daten richtig lese, dann aktiviert sich der Antrieb des Konverters alle drei Wochen, um die Flugbahn zu korrigieren.«

»Sehr schön!«, freute sich Sibel. »Du kannst dich auf den Rückweg machen.«

»Bin schon unterwegs.«

Kurz darauf nahm Lee wieder neben Sibel Platz.

»Und? Wie war ich?«, fragte er mit einem so breiten Grinsen, dass Sibel sich für einen Moment fragte, ob er wirklich die Konvertereinstellung gemeint hatte.

»Für das erste Mal, das zählt, nicht schlecht«, antwortete sie daher ebenso zweideutig. Beide sahen sich an und schauten ganz schnell wieder weg, weil sie rot wurden.

Lee räusperte sich. »Was kommt als Nächstes dran?«

»Ich habe schon den Kurs nach *Alpha Centauri 5* festgelegt«, sagte Sibel, wobei sie sich stur auf die Bildschirmanzeige konzentrierte. »Wir sind in ein paar Stunden da.«

»Soll ich den Landeanflug übernehmen oder willst du es versuchen?«, wollte Lee wissen.

»Besser, du machst das«, sagte Sibel. »Es wäre nicht so gut, wenn ich eine Bruchlandung hinlegen würde … Verdammt! Was ist das denn?«

Plötzlich war etwas auf den Anzeigen aufgetaucht und ein riesiger Gesteinsbrocken füllte fast die gesamte Sichtscheibe aus. Lee riss das Steuer herum, während Sibel wie erstarrt auf ihrem Sitz hockte. Ein kreischendes Geräusch und ein gewaltiger Ruck machten deutlich, dass Lees Ausweichmanöver nicht ganz geglückt war.

»Schadensmeldung!«, verlangte er sofort.

Sibel rührte sich nicht. Lee war sich nicht sicher, ob sie ihn überhaupt gehört hatte.

»Schadensmeldung!«, brüllte er erneut. »Jetzt mach schon! Oder willst du unbedingt draufgehen?«

Das riss Sibel aus ihrer Erstarrung.

»Kein Druckabfall«, sagte sie, während sie die Daten ablas. »Nur leichte Schäden an der Außenhülle. Die *Space Spiders* sind schon bei der Arbeit. Sieht aus, als wären wir noch einmal davongekommen, aber … Ach, so ein Mist!«

»Was ist los?«, fragte Lee alarmiert.

»Die Kameras sind ausgefallen. Unsere Miniroboter überbrücken gerade sämtliche Kontakte, die mit der Bildübertragung zusammenhängen.«

»Und das bedeutet?«

»Das bedeutet, dass du mich ab jetzt jederzeit erwürgen kannst und keiner kriegt es mit«, lächelte Sibel. »Deine Reaktion war großartig. Wenn du nicht ausgewichen wärst, wären wir jetzt hinüber.«

Erleichtert atmete Lee auf. »Kein Problem! Du hast gesagt, ich sei der beste Pilot der Welt. Wäre ja schlimm, wenn ich das eben vermasselt hätte.«

»Also, ich hätte dir auch ohne einen Beweis geglaubt.« Sibel erhob sich zitternd und ging zu ihrer Schlafkoje.

Besorgt sah Lee ihr nach. »Ist alles okay mit dir?«

Sibel legte sich hin und atmete ein paar Mal tief durch. Ihr Herzschlag beruhigte sich etwas. »Mir geht es gut. Aber jetzt weiß ich ganz genau, weshalb ich nie Pilotin werden wollte.«

Lee musste lachen und ging zu ihr hinüber. Da er als Testpilot einiges gewohnt war, hatte sich seine Anspannung bereits gelöst.

»Du hältst dich sehr gut«, sagte er freundlich. »Als ich in der Ausbildung war, stand ich oft vor einem Nervenzusammenbruch.«

»Warum hast du weitergemacht?«, wollte Sibel wissen.

»Weil es für mich nur das Fliegen gibt.« Lees Augen leuchteten. »Nichts ist besser als durch das All zu gleiten. Wenn um dich herum nur Dunkelheit ist oder du am Jupiter vorbeifliegst und den roten Fleck siehst, dann merkst du erst richtig, wie klein du bist. Und trotzdem hast du es geschafft. Wir alle haben es geschafft. Wir reisen zu anderen Planeten und jetzt sogar in ein anderes Sonnensystem. Und du und ich, wir sind die Ersten, die das geschafft haben. Das Gefühl ist unbeschreiblich.« Er sah Sibel an und wurde rot. Ihre großen braunen Augen schienen ihn nicht mehr loszulassen und er glaubte darin die gleiche Begeisterung zu lesen, die auch ihn ergriffen hatte.

»Ich weiß, was du meinst«, sagte sie wie zur Bestätigung. »Als ich die Raumkanaltechnologie entwickelte, habe ich von den meisten Kollegen zu hören gekriegt, dass das niemals funktionieren würde. Es sei zu aufwendig, zu kompliziert und was weiß ich noch. Dein Bruder gehörte auch zu den Kritikern, aber ihm nahm ich das nicht so übel wie den anderen. Marvin hatte wenigstens eigene Ideen, alle anderen waren einfach nur dagegen. Punkt! Kein Gegenvorschlag. Nichts!« Sie setzte sich langsam auf und stellte fest, dass ihr Kreislauf wieder normal war. »Das einzige, was mich an euch beiden echt gestört hat, war dieses dämliche Machogehabe. Welcher Teufel hat euch denn da geritten?«

»Vergiss das!«, lachte Lee. »Du hast unser männliches Ego nicht nur angekratzt, sondern in Trümmer gelegt. Marvin und ich konnten noch nie gut mit Konkurrenz umgehen, besonders dann nicht, wenn sie so schön ist.«

Zu seiner Freude lief nun Sibel rot an. »Oh … äh … danke«, stammelte sie. »Wo war ich? Also, jeder hatte etwas zu meckern am Kanalprojekt, außer Irene und Tarek. Die haben gefragt, ob sie mir helfen könnten. Und als wir dann allen zeigen konnten, dass der Kanal funktioniert, da bin ich vor Stolz fast geplatzt. Ich war so glücklich wie noch nie. Es gibt nichts Schöneres als ein erfolgreiches Experiment.«

Lee nickte verständnisinnig. »Na, dann sieht's doch im Moment so aus, als hätten wir beide, was wir wollen.« Er ging zurück zum Cockpit. »Sorgen wir dafür, dass es so bleibt!«

Kapitel 6

In Frankreich herrschte inzwischen helle Aufregung.

»Was ist denn los?«, fragte Marvin müde. Er hatte die Nachtschicht übernommen und war von Irene und Tarek unsanft aus dem Schlaf gerissen worden. Nun begriff er recht schnell, dass etwas nicht stimmte, denn auch Terence Rutherford sah ihm mit besorgtem Gesicht entgegen.

»Die *Chanel 1* hatte beinahe einen Zusammenstoß mit einem Meteoriten«, erklärte Tarek hastig. »Die Kameras sind ausgefallen. Wir wissen nicht, was mit Sibel und Lee ist. Sie könnten tot sein.«

»Immer langsam!«, sagte Marvin ruhig. Er setzte sich an seinen Computer und rief ein paar Daten auf. »Ah, das ist gut. Sogar sehr gut.«

»Was meinst du?«, fragte Irene.

»Sibel und Lee geht es gut«, sagte Marvin nach einem weiteren prüfenden Blick auf den Bildschirm. »Und die *Chanel 1* ist auch intakt. Die *Space Spiders* sind gerade bei der Reparatur. Die Kameras hat es allerdings voll erwischt. Ich glaube nicht, dass wir noch Bilder empfangen können.«

Irene, Tarek und Rutherford wechselten erstaunte Blicke.

»Woher weißt du das alles?«, fragte Tarek schließlich.

Nun war Marvin verblüfft. »Jetzt sagt mir bloß nicht, dass ihr euch nur auf die Kameras verlassen habt. Hier!« Die Anzeige wechselte auf den Großbildschirm. »Die Bio-Sensoren von Lee und Sibel funktionieren einwandfrei und die beiden sind, den Werten nach, putzmunter. Und die Daten der *Space Spiders* zeigen mir, dass sie zurzeit ziemlich aktiv sind – und zwar im Bereich der Luftschleuse. Von den Kameras haben wir dagegen überhaupt kein Signal. Die sind hinüber.«

Irritiert starrten die drei älteren Wissenschaftler auf den Monitor. Rutherford fasste sich als Erster.

»Ich muss sagen, du bist ganz schön abgebrüht«, sagte er in tadelndem Ton. »Immerhin geht es hier auch um deinen Bruder.«

»Ich kenne Lee«, sagte Marvin lässig. »Der hat schon ganz andere Situationen gemeistert. Warum war es wohl nur ein Fast-Crash? Er hat das Ausweichmanöver geflogen, da könnt ihr sicher sein.« In seiner Stimme schwang eine gehörige Portion Stolz mit. Er stand auf. »Und wenn ihr mich jetzt entschuldigt, ich brauche meinen Schlaf. Es kann ja nicht jeder nur von Kaffee leben.« Er verließ das Labor.

»Ich habe mich getäuscht«, sagte Rutherford, während er ihm nachsah. »So abgebrüht ist er doch nicht.«

Marvin war froh, dass sein Zimmer in der Nähe des Labors lag. Auf den letzten Metern zitterten seine Beine so sehr, dass er gerade noch die Tür schließen konnte, bevor er an der Wand hinunterglitt.

»Verdammt, Lee!«, flüsterte er. »Das hätte so was von schief gehen können!« Mühsam richtete er sich wieder auf und ging zum Kühlschrank. Lee hatte vor seiner Abreise einen Teil seines Biervorrats darin untergebracht. Marvin nahm sich eine Flasche und trank sie in hastigen Zügen leer. Dann warf er sich auf sein Bett, obwohl er sicher war, dass er keinen Schlaf mehr finden würde. Seine Gedanken kreisten um Lee und Sibel. Natürlich hatten alle gewusst, dass ihre Mission gefährlich war, doch Marvin hatte erst nach der Landung auf *Alpha Centauri 5* mit Problemen gerechnet. Er hatte es einfach verdrängt, dass schon der Flug dorthin Gefahren beinhaltete.

»Kommt bloß gesund wieder!«, flüsterte er und schlief im nächsten Moment doch ein.

»Wie sieht's aus?«, fragte Lee mehrere Stunden später.

»Alle Werte okay«, sagte Sibel. »Du kannst landen.«

»Okay, dann schnall dich fest!« Konzentriert blickte Lee auf seine Anzeigen. Die *Chanel 1* reagierte auf das kleinste Manöver. Die *Space Spiders* hatten bei der Reparatur ganze Arbeit geleistet. Der Rest war seine Sache.

Vorsichtig steuerte Lee auf die Landezone zu, der Eintritt in die Atmosphäre des Planeten war kaum zu spüren, was ebenfalls den Nanorobotern zu verdanken war. Lee verspürte einen kaum zu bändigenden Stolz auf seinen Bruder. Ohne Marvins Nanotechnologie wäre die Mission längst gescheitert und er und Sibel tot. Lee wusste das und war entschlossen, seinem Bruder alle Ehre zu machen. Er durfte diese Landung auf keinen Fall vermasseln.

»Wir sind direkt über der Landestelle«, verkündete Sibel. »Und da ist auch die Sonde.«

»Gut«, sagte Lee einsilbig. Er durfte sich jetzt nicht ablenken lassen. Nur ein einziger Fehler könnte einen Defekt zur Folge haben und die ganze Mission gefährden.

Langsam senkte sich die *Chanel 1* dem Boden entgegen. Staub wirbelte auf. Ein letzter kleiner Rüttler und das Schiff war gelandet.

Erleichtert atmete Lee auf.

Sibel prüfte die Daten. »Alle Systeme arbeiten im Normbereich«, freute sie sich. »Die Messungen bestätigen die Werte der Sonde. Die Luft ist atembar. Zum Glück! Da draußen sind 21 Grad Celsius. Das Klima ist ein bisschen trocken, aber wir brauchen die Helme nicht. Die Nanosuits reichen.«

»Das ist gut. Die Dinger sind eh schon schwer genug.« Lee erhob sich aus dem Pilotensitz und half Sibel beim Abschnallen. »Wollen wir gleich rausgehen oder willst du erst von hier aus arbeiten?«

»Rausgehen!«, entschied Sibel sofort. »Ich brauche die Ergebnisse der Sonde und ihre Kameras. Die Scanner sind mir zu wenig.«

»Willst du die Sonde auseinander nehmen?« Lee konnte es kaum glauben.

Sibel nickte. »Ja, die Sonde hat schon lange keine Energie mehr, ist also im Augenblick nutzlos. Aber die Kameras sind mit der *Chanel 1* kompatibel und wir brauchen sie.«

»Na schön, aber du weißt, dass ich dir kaum helfen kann.«

»Es reicht, wenn du mir das Werkzeug anreichst«, sagte Sibel, während sie in ihren Nanosuit stieg. »Und danach können wir uns ein wenig umsehen.«

Bald danach bewegte sich Lee ungeduldig vor der *Chanel 1* auf und ab. Sibel war mit den von der Sonde abmontierten Kameras im Inneren verschwunden und hatte schon vor wenigen Minuten verkündet, dass sie perfekt funktionierten.

Nun begriff Lee nicht, wieso Sibel nicht wieder ausstieg.

Da erschien sie endlich und trug ein großes Schild mit sich.

»Wo hast du denn das her?«, fragte Lee verblüfft.

»Ich hab es aus den Deckeln der Bordbücher zusammengeklebt. Keine Ahnung, warum Irene uns gleich vier davon mitgegeben hat. Eines hätte doch bei einem Computerausfall ausgereicht.« Sibel hob die Schultern, was durch den Nanosuit kurios aussah. »Na ja, jedenfalls waren sie mir jetzt recht nützlich.«

»Und was willst du damit?« Lee verstand immer noch nicht.

Grinsend dreht Sibel das Schild um. »Ich habe eine Nachricht für deinen Bruder.«

In dem Labor in Frankreich fiel Terence Rutherford beinahe vom Stuhl, als der kleine Monitor neben ihm zu flackern begann. »Wir haben wieder ein Bild«, verkündete er seelenruhig, nachdem er sich von dem Schreck erholt hatte.

Sofort stand Marvin neben ihm. Tarek stieß Irene an, die am Pausentisch eingenickt war.

»Da ist Lee!«, sagte Rutherford und deutete auf die Gestalt, die auf dem Bildschirm auf und ab lief.

»Das sehe ich!«, zischte Marvin ärgerlich. Er war ja wohl in der Lage, seinen Bruder zu erkennen. Zu seiner Erleichterung schien es Lee gut zu gehen. Er wirkte so ungeduldig wie immer.

Dann kam Sibel ins Bild. Sie und Lee sprachen kurz miteinander. Schließlich drehte Sibel das große Schild um, das sie trug, und hielt es in die Kamera.

Die Space Spiders sind top. Danke, Marvin, stand dort zu lesen.

Marvin spürte, wie ihm die Hitze ins Gesicht schoss. Tarek klopfte ihm auf die Schulter und Irene strahlte. Nur Rutherford wirkte enttäuscht. »Schade, den Heiratstermin haben sie nicht bekannt gegeben.«

Marvin prustete los. »Bitte, was? Wieso sollten sie denn so was tun?«

Rutherford lächelte wissend. »Weil das nahe liegt. Die beiden kommen bestimmt als Paar zurück, darauf wette ich.«

»Jesus, Sibel! Du musst doch nicht bei jedem Unkraut stehen bleiben, um eine Probe zu nehmen.« Ungeduldig wandte sich Lee um. Sibel bückte sich gerade nach einer unscheinbaren kleinen Pflanze. »Lass dem nächsten Team, das hierher kommt, wenigstens ein bisschen Arbeit übrig!«

Sibel lachte und richtete sich auf. »Du hast Recht. Tut mir leid. Ich bin nur so fasziniert, weißt du?« Sie schloss zu Lee auf.

»Schon klar, aber wenn du ständig mit der Nase am Boden klebst, entgeht dir das Beste«, sagte Lee. Er deutete nach links. »Sieh dir das mal an!«

In einiger Entfernung waren Bäume zu erkennen. Sie schienen dicht an dicht zu stehen, ein richtiger Urwald. Nur, und hier traute Sibel ihren Augen kaum, waren sie von gänzlich weißer Farbe. Sie leuchteten so hell, dass sie die beiden Menschen fast blendeten.

»Fantastisch!«, jubelte Sibel. »Das muss ich mir aus der Nähe ansehen!«

»Ich weiß nicht, ob wir nahe genug herankommen«, sagte Lee. Er war auf eine kleine Anhöhe gestiegen, um sich einen besseren Überblick zu verschaffen. Neugierig trat Sibel an ihn heran. »Schau mal!« Lee deutete erneut in die Richtung des Waldes, meinte aber diesmal die Grasebene davor. Dort bewegte sich etwas. »Sind das Vögel?«, wollte er wissen.

Sibel sah durch das Sichtgerät, an das sie gedacht und das Lee vergessen hatte. »Ich bin nicht sicher«, sagte sie. »Wenn, dann sind es Laufvögel, ähnlich der Strauße. Nein, warte! Das kann nicht stimmen. Keine Federn, aber sehr spitze Schnäbel. Ich weiß nicht genau, aber ich glaube, es sind Reptilien.«

»Reptilien?«, wiederholte Lee.

Sibel nickte unglücklich. »Ja, leider. Und sie sind bestimmt nicht harmlos. Dazu sind sie Velociraptoren ein bisschen zu ähnlich.«

Lee stellten sich die Nackenhaare auf. Von Raptoren hatte er schon einmal gehört. Das waren doch …

»Du meinst, das sind Saurier?«

Wieder nickte Sibel und schaute dann vollkommen erschrocken, als Lee losmarschierte. »Was tust du da?«

»Das, was du schon die ganze Zeit machst: Ich gehe forschen.«

»Ja, geht es dir noch gut?« Sibel lief Lee nach und zog ihn am Arm. »Das sind wahrscheinlich Fleischfresser. Rudeljäger! Die sind brandgefährlich!«

»Im Moment scheinen sie Pause zu machen«, sagte Lee. Er wollte sich nicht aufhalten lassen. »Komm schon! Es könnte interessant sein, sie bei der Jagd zu beobachten.«

»Und falls sie uns jagen?«

»Keine Gefahr!« Lässig winkte Lee ab. »Ich glaube nicht, dass ihnen die *Space Spiders* schmecken werden.«

»Vielleicht nicht, aber unsere Köpfe dürften eine Delikatesse sein«, gab Sibel zu bedenken, doch Lee blieb stur.

»Ich werde näher ran gehen. Du kannst ja hier bleiben, wenn du Angst hast.«

»Die habe ich auch.« Sibel ließ sich nicht provozieren. »Aber mach doch, was du willst! Ich gehe zurück auf die Anhöhe. Von dort kann ich besser sehen, wenn du zerfetzt wirst.«

»Zicke!«, fauchte Lee und stapfte davon.

Sibel seufzte und bezog ihren Beobachtungsposten.

Anfangs ging für Lee alles glatt. Er kam den »Raptoren« sogar erstaunlich nahe, ohne dass diese Anstalten machten, ihn anzugreifen. Entweder sie sahen ihn nicht als Beute an oder sie waren den irdischen Raubsauriern doch nicht so ähnlich, wie Sibel geglaubt hatte. Lachen müsste ich, wenn es Pflanzenfresser wären, dachte sie im Stillen.

Im nächsten Augenblick wurde sie jedoch eines Besseren belehrt. Die Tiere wurden plötzlich sehr munter. Sie mussten etwas bemerkt haben, doch Lee war es nicht.

Lautes Trompeten kündigte andere Bewohner dieser Welt an. Sibel schlug das Herz bis zum Hals, als sie durch das Sichtgerät blickte.

Riesige Säugetiere trampelten auf den hier üblichen sechs Beinen heran. Davon abgesehen, erschienen sie ihr wie eine Mischung aus Elefant und Gürteltier. Die Köpfe wirkten trotz des langen Rüssels winzig auf den massigen Körpern, so dass Sibel tippte, dass es sich nicht gerade um Intelligenzbestien handelte. Ihr Verhalten machte das noch deutlicher.

Im gleichen Maße wie die merkwürdigen Elefanten erschienen, verschwanden die Raptoren von der Bildfläche. Auch von Lee war nichts mehr zu sehen. Doch beide, Mensch und Reptilien, waren noch da, was Sibel erkannte, als die Raptoren begannen, die Elefanten zu umkreisen.

Unwillkürlich hielt Sibel den Atem an. Mit jedem Umlauf zogen die Raptoren die Schlinge enger. Bald würden sie zuschlagen. Und dann sah Sibel Lee und ihr blieb fast das Herz stehen.

Shit, shit, shit, dachte Lee. Von allen Fluchtmöglichkeiten suche ich mir ausgerechnet die schlechteste aus!

Er hockte im dichten Gras nur etwa fünfzig Meter von den Tieren entfernt, die gleich aufeinander losgehen würden. Das Dumme war nur, er kam nicht weg. Hinter ihm herrschte sozusagen gähnende Leere. Dort tat sich ein gigantischer Abgrund auf. Ein Canyon, den er sicher als grandios empfunden hätte, wenn er ihm nicht gerade einen riesigen Strich durch die Rechnung gemacht hätte. Lee wagte nicht, sich von dort zu entfernen, einige der Raptoren waren ihm zu nah.

Er versuchte ihre Jagdstrategie zu entschlüsseln. Wenn er herausfand, was sie vorhatten, gab ihm das vielleicht die Möglichkeit, zu fliehen. Doch gerade, als er den Plan durchschaute, starteten die Raptoren ihren Angriff und Lee wurde klar, dass er keine Chance mehr hatte.

Sibel schrie auf, als die Raptoren zuschlugen. Sie hatte deren Vorhaben längst erkannt. Lee war in großer Gefahr.

Die Raptoren trieben die Elefanten genau in seine Richtung und Lee bewegte sich nicht. Warum lief er nicht weg?

Sibel stellte das Sichtgerät auf die höchstmögliche Vergrößerung ein und dann sah sie es. Direkt hinter Lee ging es nicht weiter, zumindest nicht geradeaus. Mit Schrecken bemerkte sie, dass Lee an einem Abgrund stand und die andere Seite war offenbar zu weit entfernt für einen Sprung, denn sonst hätte Lee den schon gewagt.

Sibel zitterte und bebte. Sie musste Lee unbedingt helfen, doch sie wusste nicht, wie.

Die Elefantenherde raste in wilder Panik auf Lee zu, dem jedwede Möglichkeit zum Ausweichen fehlte. Hinter ihm lag der

Abgrund und vor ihm trampelten fünf Meter hohe Tiere auf jeweils sechs Beinen, von denen jedes einem Baumstamm gleichkam, in breiter Front auf ihn zu. Ein Sprung nach links oder rechts brachte ihn also auch nicht weiter. Zwischen den wild stampfenden Beinen jagten zwei Meter große Schatten umher und schnappten mal hierhin und mal dorthin. Wie die Raptoren es schafften, nicht zertrampelt zu werden, war Lee ein Rätsel. Denn zumindest eines war ihm an den Räubern aufgefallen: Ihre Sinne waren nicht besonders ausgeprägt, aber sie waren verdammt schnell.

Das galt allerdings auch für ihre Beute und man konnte es drehen und wenden, wie man wollte, sie waren viel zu schnell für Lee. Dem blieb nur noch, sich zusammenzukauern, sich möglichst klein zu machen und das Beste zu hoffen.

Kapitel 7

Sibel wagte kaum, zu atmen. Wie gebannt starrte sie durch das Sichtgerät, doch Lee war nicht mehr zu sehen. Die Anzahl der Tiere und der aufgewirbelte Staub verhinderten dies. Indessen ging die Strategie der Raptoren voll auf. Zwar konnten die meisten Elefanten noch vor dem Abgrund die Richtung ändern, doch einige stürzten in die Tiefe. Die Überlebenden rasten in Panik davon, während die Raptoren ihrer Beute hinterher sprangen.

Allerdings war sich Sibel dessen nicht ganz sicher, weil durch die Staubwolke nur Schatten zu erkennen waren. Vielleicht suchten sich die Tiere auch nur einen anderen Weg in die Tiefe?

Allmählich legte sich der Staub und Sibel hielt Ausschau nach Lee, doch er war fort.

Der Lärm war ohrenbetäubend. Das Trampeln hunderter Beine, die Zischlaute der Raptoren und das verängstigte Trompeten der Elefanten vermengten sich zu einer schmerzenden Geräuschkulisse. Lee konnte nicht sehen, was geschah, denn er hockte am Boden, bemüht darum, ein kleines Ziel zu bieten, die Arme zum Schutz über den Kopf gelegt. Das, was er hörte und spürte, reichte ihm völlig aus. Er wartete nur noch darauf, zerstampft zu werden oder abzustürzen oder beides.

Dann waren sie da.

Die Elefanten stürmten über ihn hinweg und Lee wunderte sich noch, wie wenige es waren. Doch noch mehr erstaunte es ihn, dass er nicht mitgerissen wurde. Er schien fast mit dem Boden verwachsen zu sein. Selbst, als ein Tier frontal mit ihm zusammenprallte, bewegte er sich kaum. Er spürte nur einen leichten Schlag an der Schulter, der nicht mehr als ein Stupser war. Allerdings nahm Lee das nur am Rande wahr. Er war fast taub und der Staub, den er eingeatmet hatte, brannte in seinen Lungen.

So plötzlich, wie alles angefangen hatte, war es auch schon wieder vorbei. Es war so schnell gegangen, dass Lee es erst nach ein paar Minuten begriff.

Langsam blickte er auf und sah einige Wesen an sich vorbeihuschen, doch bevor er richtig erkannte, um was es sich handelte, brach die nächste Katastrophe über ihn herein – oder besser gesagt unter ihm hinweg. Der Abhang, auf dem er kniete, hatte dem Ansturm nicht standgehalten und kam nun ins Rutschen.

Mit einem Mal hing Lee frei in der Luft, mehrere hundert Meter über dem Boden. Instinktiv warf er sich nach vorn, um sich festzuhalten, wohl wissend, dass es aussichtslos war. Doch wie durch ein Wunder fand er Halt, nur einen Meter unter der Absturzstelle, und er war leicht. Sein gesamtes Körpergewicht schien plötzlich erheblich geringer zu sein. Aber auch diesmal kam er nicht dazu, sich darüber Gedanken zu machen. Mit dem rechten Bein schlug er hart gegen eine Felszacke und der Schmerz explodierte in seinem Körper.

Für einen Moment vergaß er, zu atmen, nur um dann vor Qual aufzuschreien. Er geriet ins Rutschen und versuchte sich noch stärker festzuklammern, doch seine Hände gehorchten ihm nicht. Es schien, als hätte er seine ganze Kraft verloren.

Wieso fiel er nicht? Er konnte sich nicht mehr halten, also musste er doch fallen, aber er tat es nicht. Andererseits war er vielleicht schon abgestürzt und lag tot am Boden? Möglicherweise hatte er es nur noch nicht begriffen?

Und dann hörte er sie. Die Stimme, die er nicht mehr vergessen konnte, seit er sie das erste Mal vernommen hatte.

»Lee?«

Es konnte nicht sein.

»Wo bist du?«

Er war doch tot. Wie konnte er sie dann hören?

»Antworte mir, Lee!«

Es war ein Befehl. Ein Befehl, den er auf keinen Fall verweigern durfte. Wie von selbst formten seine Lippen ihren Namen, gab seine Stimme ihm Laut, bis er ihn endlich rief: »Sibel!«

Pure Erleichterung strömte durch Sibels Körper, als sie den Ruf vernahm. Die Angst um Lee hatte sie angetrieben, so dass sie die Strecke bis zu dem Canyon in Rekordzeit zurückgelegt hatte. Als sie ankam, war sie sich sicher gewesen, Lee tot vorzufinden. Doch er war nirgends zu sehen, also rief sie nach ihm, auch wenn sie sich keine Antwort erhoffte.

Aber sie bekam eine und alle Furcht fiel von ihr ab. Nur, wo steckte Lee?

Vorsichtig näherte sie sich dem Abhang und sah hinunter.

Dort war er! Lee hing nur etwa einen Meter unter ihr. Wenn sie beide ihre Arme ausstreckten, müsste sie ihn erreichen können.

Sibel legte sich auf den Boden. »Gib mir die Hand!«

Lee reagierte nicht, als hätte er sie gar nicht gehört.

»Jetzt mach schon!«, schrie sie.

Endlich sah er zu ihr hoch.

»Ich kann nicht.« Seine Stimme war nur ein raues Flüstern.

»Lanet olsun!«, fluchte Sibel in ihrer Muttersprache. »Gib mir die Hand, hab ich gesagt!«

Langsam, wie in Zeitlupe, streckte Lee seinen rechten Arm aus und Sibel griff zu. Sie zog mit aller Kraft und schnellte plötzlich nach hinten, so dass sie auf ihrem Rücken landete. Lee lag auf ihr.

»Das hab ich mir irgendwie anders vorgestellt«, murmelte er.

Prompt erntete er einen heftigen Schlag auf die Schulter. »Runter von mir!« Sibel war nicht nach Scherzen zumute.

Lee wälzte sich zur Seite und verzog schmerzhaft das Gesicht. Sein rechtes Knie brannte wie Feuer.

»Stimmt was nicht?«, fragte Sibel, die schon wieder auf den Beinen stand.

»Weiß nicht. Ich bin gegen den Felsen geknallt. Mein Knie …«

»Lass mal sehen!« Schon hockte sie wieder neben ihm. »Da kann ich im Moment gar nichts machen. Du musst aus dem Nanosuit raus. Gehen wir zum Schiff zurück!« Sie richtete sich auf und reichte ihm die Hand. »Kannst du aufstehen?«

»Ich versuch's mal.« Lee zog sich hoch. »He, geht besser, als ich dachte.« Er machte ein paar vorsichtige Schritte. »Zwickt ein bisschen, aber ich kann laufen. Ist wohl doch nicht so schlimm.«

»Ich will es mir trotzdem mal ansehen«, sagte Sibel. »Im Schiff haben wir die nötigen Geräte. Komm schon!«

Lee nickte und schluckte den dummen Spruch hinunter, der ihm auf der Zunge lag. Sibel wirkte ehrlich besorgt um ihn, was ihn zugleich erstaunte und freute.

Schweigend machten sie sich auf den Weg.

Bald danach lag Lee mitsamt Nanosuit in seiner Schlafkoje. Sibel hatte ihm energisch verboten, sich auszuziehen, bevor sie einen kompletten Check mit den Bio-Sensoren durchgeführt hatte.

Lee hielt das für reichlich übertrieben, doch er widersprach nicht. Etwas von Sibels Besorgnis war auch auf ihn übergesprungen. Um sich abzulenken, sprach er über das Verhalten der Raptoren.

»Die Biester sind ganz schön clever. Den Abgrund zu ihrem Vorteil zu nutzen, war eine gute Taktik. Und dann sind sie wie die Gämsen den Abhang runtergeklettert.«

»Beängstigend intelligent«, stimmte ihm Sibel zu, während sie auf das Computerdisplay schaute. »Dafür war ihre Beute ziemlich dumm. Typische Fluchttiere.«

»Stimmt. Die Biologen von der Erde werden sich freuen. Hier können sie eine ganze Menge erforschen.« Lee bemerkte, wie Sibels Augen immer größer wurden. »Ist irgendwas?«

Sie sah ihn mitleidig an. »Wir brechen die Mission ab!«, sagte sie dann.

»Was?« Lee richtete sich ein wenig zu schnell auf, was sein Knie mit rasenden Schmerzen quittierte. »Au, verdammt!«

»Bleib bloß liegen!« Sofort war Sibel bei ihm. »Und lass den Anzug an! Du hast einen offenen Bruch und deine Kniescheibe ist völlig zertrümmert.«

»Aber …« Lee suchte nach Worten. »Aber wie kann das möglich sein? Ich konnte doch fast normal gehen.«

»Ich habe eine Vermutung«, sagte Sibel. »Gib mir eine Minute, um es zu überprüfen!«

Sie lief zum Cockpit und war tatsächlich eine Minute später wieder da.

»Die *Space Spiders*, richtig?«, sagte Lee, der sich ebenfalls seine Gedanken gemacht hatte.

Sibel nickte. »Die können mehr, als wir gedacht haben. Jetzt ergeben auch ein paar andere Sachen einen Sinn.«

»Zum Beispiel, dass mich diese komischen Elefanten nicht von der Kante schubsen konnten?«, fragte Lee.

»Genau. Und dass du in der Lage warst, dein Körpergewicht plus Nanosuit zu tragen, und dass ich dich hochziehen konnte, als würdest du nichts wiegen.« Sibel grinste. »Deshalb sind wir auch übereinander gepurzelt.«

»Ach, Mist! Und ich dachte, du wolltest mir näher kommen«, sagte Lee. »Spaß bei Seite. Erklärst du mir, was passiert ist?«

»Die *Space Spiders* haben eigentlich genau das getan, wofür sie geschaffen wurden. Sie haben sich der jeweiligen Situation angepasst.« Sibel setzte sich auf den Bettrand. »Als die Elefanten auf dich zukamen, hast du dich auf den Boden gehockt und so klein wie möglich gemacht. Für die *Space Spiders* war das ein

Zeichen, dass du dich nicht von der Stelle rühren wolltest. Also haben sie dafür gesorgt, dass du da geblieben bist, wo du warst. Ich habe nachgesehen. Zu diesem Zeitpunkt wog dein Anzug fast 40 Tonnen und war so hart wie Stahl. Dann brach der Vorsprung weg und du warst im freien Fall, aber nur eine Tausendstelsekunde lang. Dann betrug das Gesamtgewicht plötzlich nur noch fünf Kilogramm, einschließlich dir selbst. Leider warst du aber auch nicht mehr so hart im Nehmen, deshalb hat es dein Bein erwischt, als du gegen die Felswand geschlagen bist. Du sagst selbst, dass du halb bewusstlos warst und dich nicht mehr festhalten konntest. Auch das haben die *Space Spiders* für dich erledigt. Gleichzeitig sammelten sich einige auf deinem verletzten Bein und erhöhten den Druck.«

»Und dann warst du da«, sagte Lee.

»Ja, und das war das eigentlich Erstaunliche. Mein Anzug hat sich auch angepasst. Als ich dich hochziehen wollte, verstärkten die *Space Spiders* die Zugkraft. Das und dein geringes Gewicht sorgten für den Schleudereffekt, was aber meine Schuld war. Da ich nicht mit unseren kleinen Helfern gerechnet hatte, habe ich mehr Kraft aufgewendet, als nötig war. Ergebnis: Wir sind uns tatsächlich ziemlich nahe gekommen.« Sibel lächelte und hauchte Lee einen Kuss auf die Stirn.

Er blinzelte verwirrt. »Und was bedeutet das jetzt?«

»Das soll heißen, dass ich gerne erfahren möchte, wie nahe wir uns noch kommen können, wenn wir wieder zu Hause sind.« Sie stand auf. »Deswegen breche ich die Mission aber nicht ab. Ich will nur keine Infektion in deinem Bein riskieren. Die *Space Spiders* halten zwar alles zusammen, aber sie sind nicht auf medizinische Versorgung ausgelegt. Ich suche aus unserem Medipack ein Antibiotikum heraus. Das solltest du vorsichtshalber nehmen.«

»Okay«, sagte Lee und ergriff plötzlich ihren Arm, als sie sich entfernen wollte. »Ich freue mich darauf, dir näher zu kommen.«

Sibel strahlte. »Ich mich auch. Fliegen wir nach Hause!«

Epilog

Fünf Jahre später. Ein kleines Haus in Frankreich. Nachdenklich betrachtete Lee Westwood von seinem Garten aus den Sternenhimmel. Es war eine klare Nacht und die Luft war kühl. Die Sterne über ihm glitzerten verheißungsvoll.

Lee wartete gespannt auf die Nachricht, auf die zurzeit die ganze Welt wartete. Aber er hatte einen Vorteil: Er erfuhr Neuigkeiten stets aus erster Hand.

Er hörte ein Geräusch hinter sich und wandte sich um. Sibel hatte den Garten betreten und umarmte ihn jetzt.

»Wie war dein Tag?«, fragte sie.

Er winkte ab. »Unwichtig. Wie war deiner?«

»Das Übliche. Abgesehen von …« Sie machte eine Pause, um ihn auf die Folter zu spannen.

»Abgesehen von was?« Lee sah seine Frau an. Ihre Augen blitzten und sie strahlte einen seltsamen Glanz aus. Sie verheimlichte ihm etwas. »Jetzt sag schon!«

»Ach, ich lasse dich lieber raten«, lächelte sie. »Es sind nämlich zwei Dinge. Das Erste hat etwas mit den Sternen zu tun, das Zweite ist eher irdischer Natur.«

»Ich kann dir nicht folgen. Oder geht es um den Raumkanal?«

»Das ist die erste Sache«, bestätigte Sibel. »Die meisten Teams sind von *Alpha Centauri 5* zurück. Zwar müssen noch viele Daten ausgewertet werden, aber was die Kanaltechnologie betrifft, ist schon alles klar. Das Programm wird weitergeführt. Der erste Kanal soll dauerhaft bestehen bleiben und es werden noch weitere dazukommen. Mit Sicherheit geht es zum Sirius und die Griechen und die Italiener haben Epsilon Eridiani ins Gespräch gebracht. Dort soll ein interessantes Planetensystem vorhanden sein.«

»Aha, das klingt zumindest einleuchtender als Sirius«, sagte Lee. »Sind nicht die meisten Wissenschaftler der Meinung, dass es im Sirius-System keine Planeten gibt?«

»Das schon«, gab Sibel zu. »Aber Alpha Centauri hat uns deutlich gezeigt, dass Messungen unzureichend sind. Erst wenn wir das System wirklich sehen, können wir sagen, was dort zu finden ist. Ich persönlich glaube nämlich, dass Sirius Planeten hat. Mindestens zwei, vielleicht sogar drei oder vier. Das hängt von der Größe ab.«

»Wie kommst du denn darauf?«, wollte Lee wissen. Sibel konnte ihn auch nach fünf Jahren immer noch überraschen.

»Es ist die Masse«, erklärte sie. »Sie ist höher, als sie sein dürfte, wenn man nur den Hauptstern und seinen Begleiter einbezieht. Es muss noch etwas anderes da sein. Ich tippe auf ein kleines Planeten-System einschließlich Asteroiden und Kleinplaneten.«

»Wie ich dich kenne, hast du sicher Recht«, sagte Lee und legte den Arm um sie. »Was sagt denn Marvin dazu?«

»Er ist ausnahmsweise mal meiner Meinung, was wahrscheinlich daran liegt, dass er wieder an seinen Nanorobotern herumbasteln kann, sollte sich meine Vermutung als wahr herausstellen. Die Bedingungen im Sirius-System sind vermutlich so extrem, dass die *Space Spiders* modifiziert werden müssen.«

Lee musste lachen. »Ich wette, er hat sich gleich an die Arbeit gemacht.«

»Selbstverständlich, obwohl er genug Zeit zur Verfügung hat. Aber du kennst ihn ja. Er hat gesagt, dass er bereit sein will, wenn es so weit ist. Ein zweites Hyper-8-Desaster will er nicht produzieren.«

»Verständlich«, sagte Lee. »Und was ist deine zweite Überraschung? Du weißt schon, die irdische.«

Sibel grinste und strahlte wieder diesen seltsamen Glanz aus. »Du hast ja mitgekriegt, dass ich mich im Moment nicht so fit fühle, also war ich heute Morgen beim Arzt.«

»Fehlt dir was?«, fragte Lee besorgt.

»Nein, eigentlich habe ich eher ein bisschen zu viel.« Ihre Augen blitzten erneut.

Lee begriff augenblicklich. »Sag bloß, du bist … Ich werde … Wir werden …?«

Sie nickte und strahlte über das ganze Gesicht. »Ja! Bereite dich schon mal auf deine Vaterrolle vor.«

»Yahoo!« Lee schnappte Sibel bei den Schultern und wirbelte sie herum. »Das ist von allen guten Nachrichten heute die beste. Ich hoffe, Marvin weiß noch nichts davon.«

»Natürlich nicht. Du bist der Vater, also dachte ich mir, dass du es als Erster erfährst. Obwohl ich mich den ganzen Tag schwer zusammenreißen musste, um nicht vor Freude laut loszuschreien.«

»Das glaub ich dir«, sagte Lee, schließlich ging es ihm genauso. »Ich kann es kaum erwarten, den anderen davon zu erzählen.«

»Deshalb habe ich Irene, Tarek und Terence für morgen zum Essen eingeladen«, sagte Sibel. »Und du musst dir deinen Bruder vornehmen. Du bist der Einzige, der ihn von seiner Arbeit loseisen kann.«

»Der wird da sein – und wenn ich ihn hertragen muss!«

Mit strahlenden Augen sah Lee wieder zum Himmel hinauf. Alle seine Träume hatten sich in den letzten Jahren erfüllt und jetzt waren neue dazu gekommen. Viele davon waren nicht besonders groß, aber einer war gigantisch und er leuchtete in diesem Moment strahlend weiß auf ihn hinunter.

Lee wusste, dass dies seine letzte große Mission sein würde, aber er würde sie sich nicht nehmen lassen, denn diesmal würde er die Reise nicht für sich, sondern für sein Kind machen.

Er sagte Sibel nichts davon, dieser Abend gehörte nur ihnen beiden, aber ein kleiner Teil von ihm war bereits unterwegs. Es war nur ein kurzer Gedanke.

Sirius, ich komme!